Oi! Olha eu aqui!

Willy Breinholst

Oi! Olha eu aqui!

Meus nove meses de aventuras
na incrível viagem ao nascimento -
para os que são pais
e para os que desejam sê-lo.

Ilustrações de
Mogens Remo

Martins Fontes
São Paulo 1999

Título original: HALLO – HIER BIN ICH!

1ª edição
julho de 1984
2ª tiragem
fevereiro de 1999

Tradução
JOÃO AZENHA JÚNIOR

Revisão da tradução
Monica Stahel
Revisão gráfica
Vera Lucia Juriatto
Produção gráfica
Geraldo Alves

Dados Internacionais de Catalogação na Publicação (CIP)
(Câmara Brasileira do Livro, SP, Brasil)

Breinholst, Willy
Oi! olha eu aqui! : meus nove meses de aventuras na incrível viagem ao nascimento : para os pais e para os que desejam sê-lo / Willy Breinholst ; ilustração Mogens Remo ; [tradução de João Azenha Júnior]. – São Paulo : Martins Fontes, 1999.

Título original: Hallo : Hier Bin Ich!
ISBN 85-336-1015-7

1. Bebês – Humorismo 2. Feto – Humorismo I. Remo, Mogens. II. Título.

99-0583 CDD-612.6400207

Índices para catálogo sistemático:
1. Bebês : Fisiologia humana : Tratamento humorístico 612.6400207
2. Feto : Fisiologia humana : Tratamento humorístico 612.6400207

Livraria Martins Fontes Editora Ltda.
Rua Conselheiro Ramalho, 330/340
01325-000 São Paulo SP Brasil
Tel. (011) 239-3677 Fax (011) 3105-6867
e-mail: info@martinsfontes.com
http://www.martinsfontes.com

Em estado interessante

Desde a mais remota antigüidade, muito se tem discutido sobre a "concepção" e o processo de nascimento. Como todos nós sabemos, Jesus de Nazaré foi concebido pelo Espírito Santo e nasceu da Virgem Maria. Zeus gerou Atena. Durante o trabalho de parto, ao iniciar-se a fase de expulsão, o deus do fogo, Hefesto, tomou do machado e, com um golpe certeiro, fez uma espécie de cesariana na cabeça de Zeus; de dentro dela surgiu uma Atena totalmente desenvolvida. Leukomedon nasceu de um vulcão, o Etna, na Sicília. O próprio filósofo Peresilis contava que nascera de um pequeno monte, sobre o qual um sacerdote deixara cair, sem querer, uma gota de água benta. Odin teve com a Terra um filho chamado Tor. Huitzilopochtli, o deus da guerra dos antigos astecas, foi concebido e trazido ao mundo por uma peteca que sua mãe usava no peito. Tudo isto é notável! Mas o que se conhece até hoje de mais fantástico, inacreditável e surpreendente quanto a concepção e nascimento encontra-se descrito neste pequeno livro. Acreditem ou não: *o que* se quer dizer, quando se fala de alguém em "estado interessante", é o seguinte. . .

Casa para alugar

Apartamento de um cômodo, bonito, agradável, luxuosamente decorado, bem isolado, com todo o conforto imaginável, entrada independente, para pronta entrega a um inquilino tranqüilo pelo período de nove meses; serviço de pensão integral; crianças são bem-vindas; a casa com que você sonhou, com diversas possibilidades de acomodação. Visitas sem compromisso a qualquer hora.

Posso morar aqui?

Espere um pouco! O que é que está acontecendo aqui? Não estou entendendo muito bem. Estou muito confuso. E. . . será que quando tudo isto acabar eu vou conseguir a casa? Lançam-me para a frente como se estivesse sendo atirado de um canhão. Não compreendo o que está acontecendo, mas meu instinto me diz que vou precisar de uma casa para os próximos nove meses, e por isso eu tenho que. . .

SOCORRO! Todos os outros espermatozóides me atropelam, empurram e tentam me ultrapassar. Prestem atenção, por favor, e *me* deixem passar. . .

Vocês conseguem me ver?

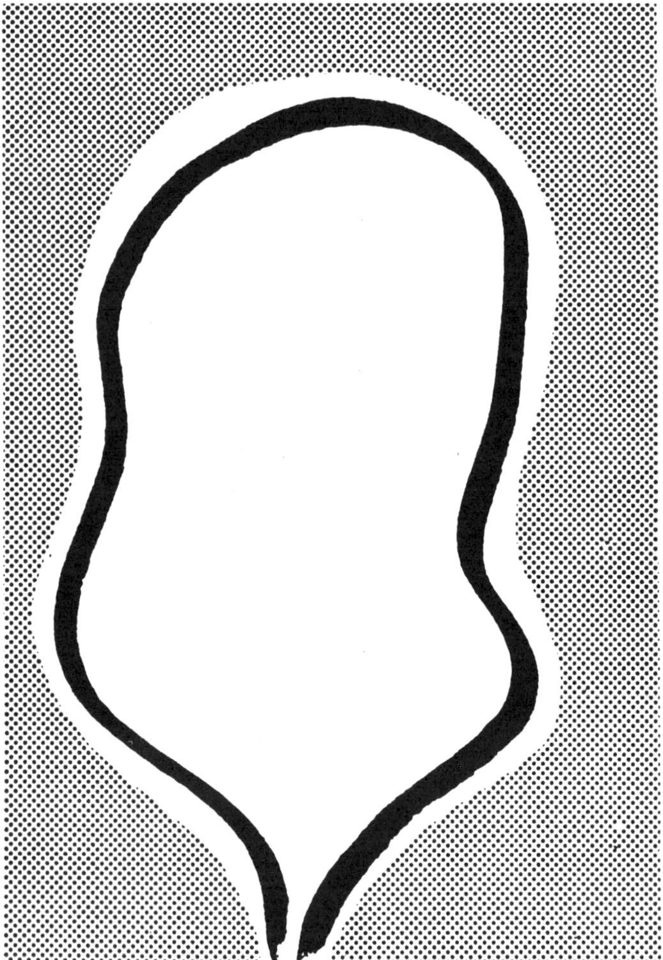

Puxa vida, que confusão! A coisa foi assim, vejam se vocês me entendem: assim que se espalhou o boato de que se estava pensando seriamente em arranjar alguém para morar naquele simpático apartamento – por muito tempo ele estivera vazio e agora a situação financeira permitia que fosse ocupado –, começou uma imensa correria. Éramos no mínimo de 300 a 400 milhões de inquilinos em potencial, e cada um queria ser o primeiro: um barrava o caminho do outro, e todos queriam passar na frente. Mas de milhão em milhão iam ficando para trás, até que finalmente sobrou apenas um, o pequenino EU. (Se vocês quiserem me ver vão precisar de um microscópio eletrônico, pois ainda sou muito, muito pequeno.) Agora, tudo o que eu tenho a fazer é entrar em contato com a proprietária; aí, suponho, o contrato de aluguel poderá ser firmado. . .

Vocês conseguem me ver agora?

O contrato de aluguel está acertado. Há cerca de quatro, cinco semanas tive um encontro com a proprietária. Nossa conversa foi extremamente frutífera. Naturalmente ainda havia uma série de formalidades a serem discutidas, a fim de se evitarem eventuais atritos posteriores: a presença de dois inquilinos, por exemplo, e coisas assim. Além disso, era preciso esclarecer se o inquilino seria do sexo masculino ou feminino, o que, no entanto, se resolveu por si mesmo. Para isso, bastou consultar as pequenas letras impressas no contrato; ali havia indicações acerca de cromossomos X e Y, mas essa explicação iria longe demais. De qualquer forma, o problema já está resolvido. Como vocês podem ver, eu já estou muito bem instalado. A casa é muito confortável, só que grande demais para mim. Não tenho a menor idéia do que fazer com tanto espaço. Afinal de contas, meço apenas oito ou nove milímetros, e isso se eu ficar na ponta dos pés para ajudar.

Aos pouquinhos me transformo em mim!

Algumas pessoas são realmente esquisitas. Já estou morando aqui há cerca de um mês, e em perfeitas condições legais, e só agora a minha senhoria corre até um especialista para saber com certeza se eu estou aqui ou não! É claro que estou aqui! O especialista (minha senhoria chama-o de doutor) não precisou fazer mais do que três exames de sangue para descobrir se havia alguém ou não. Ele mediu a casa toda por fora, deu uma olhadinha no corredor, e quanto ao mais, limitou-se a dar umas palmadinhas amigáveis no rosto de minha senhoria, dizendo-lhe: minha cara, tudo está em perfeita ordem; anime-se, alguém alugou sua pequena casa.

Ele se referia a MIM.

Portanto, agora existe a confirmação de um especialista de que tenho direito sobre a casa; é a mim que ela pertence. Ora, isso eu já sabia há muito tempo. Aliás, o marido de minha senhoria também já sabe disso. Ao voltar para casa, ela se pendurou no pescoço dele e os dois ficaram loucos de alegria. É que eles nunca tinham alugado a casa; por isso talvez eles não saibam o que os espera!

Vou chamar minha mãe de mamãe!

Tomei uma decisão muito importante. Não vou mais chamar minha locadora de minha senhoria, mas de mamãe. Pensei bastante nisso. No começo eu não sabia direito se deveria chamá-la de mamãe ou de papai, mas por alguma razão me pareceu mais certo chamá-la de mamãe, pois ela é minha mãe – quanto a isto não resta a menor dúvida – e, portanto, é assim que ela vai se chamar de agora em diante. Meu pai chamarei de papai, pois ele é meu pai, embora na realidade eu o conheça menos do que já conheço minha mãe. Talvez no fundo eles não consigam me entender muito bem, talvez até mesmo minha mãe não me entenda muito bem, e talvez eu mesmo não me entenda muito bem. Ainda sou minúsculo e ainda tenho muito a aprender nessa relação locador-locatário. Ainda não me sinto totalmente em casa; de qualquer forma, uma coisa é certa:

Mamãe é mamãe.

Quem está batendo?

Estão acontecendo coisas estranhas com a mamãe. Bem no começo, logo que eu acabara de me instalar, ela se comportava como se nada tivesse acontecido. Isso não significava que absolutamente nada estivesse acontecendo – é quase isto. Provavelmente ela já desconfiasse que alguém poderia ter-se instalado, pois ela sempre ficava apertando em volta de sua barriga, como se quisesse ter a certeza de que. . .

Eu tinha a sensação de que uma parede inteira da casa ia cair em cima de mim; no início fiquei um pouco assustado, mas depois me acostumei. E então, depois que ela foi ao médico e ele disse que tudo estava perfeitamente em ordem, e que, de fato, eu estava instalado, ela passou a ficar diante do espelho. E sempre de lado!

De lado! Será que ela estava achando que eu poderia me jogar contra as paredes da casa e envergá-las? Mas como? Eu não iria deformar minha casinha tão bonita. Não senhor, não é preciso. O espaço de que disponho é mais do que suficiente.

Ei, agora eu peso 3 gramas!

Sabem o que eu acho? Acho que durante a minha estada aqui a mamãe vai ter uma porção de problemas. Nem bem eu me movimento, ela já se sente mal e começa a chorar. Cinco minutos depois ela já está de novo pulando de alegria pelo quarto. Depois ela se sente mal outra vez, e chora, e eu não consigo me concentrar em nada. Acho que ela é muito instável. Sério mesmo. E sem nenhum motivo. Eu fico sentado aqui, bem quietinho, cuidando dos meus assuntos, por que ela não pode fazer o mesmo? Talvez o papai tenha razão em dizer sempre: "Minha querida, pelo amor de Deus, não faça cavalo de batalha. Você não é a primeira a andar por aí carregando uma coisinha tão pequenininha."

O que ele quer dizer com coisinha pequenininha? Eu já meço quase cinco centímetros e peso três gramas. Em apenas dois meses aumentei meu peso em muitos milhões de vezes. Nada mal, não é mesmo?

Ouçam... meu coração está batendo!

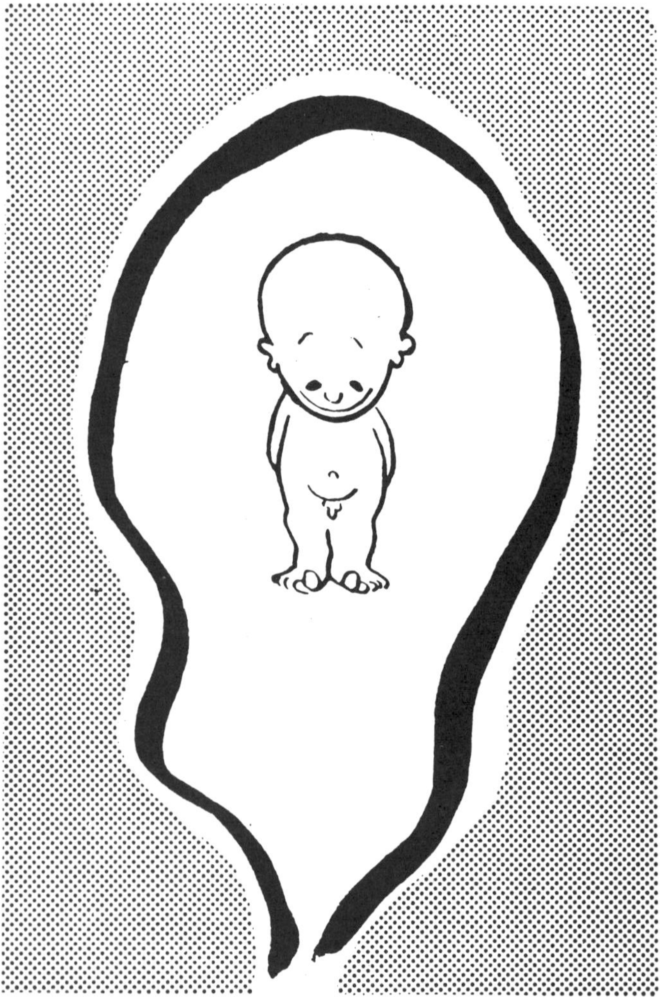

Psiu! Façam um pouquinho de silêncio, por favor. Agora escutem com bastante atenção. Vocês estão ouvindo alguma coisa? É incrível. Quando a mamãe está bem quietinha, e eu estou bem quietinho, e o mundo inteiro está bem quietinho, ouço o meu coração bater! Eu nem podia imaginar que tinha um coração, até que, de repente, ouvi umas batidas. Espera aí, pensei comigo, o que é isso? Não tem alguma coisa batendo? Quando consegui ouvir um pouco melhor, percebi que as batidas vinham do meu próprio coração. Um moleque com seu próprio coraçãozinho. Não é fantástico?

Moleque? Afinal, sou homem ou mulher, menino ou menina? Preciso descobrir.

Isso faz diferença, vocês sabem.

Oba, oba, posso espernear!

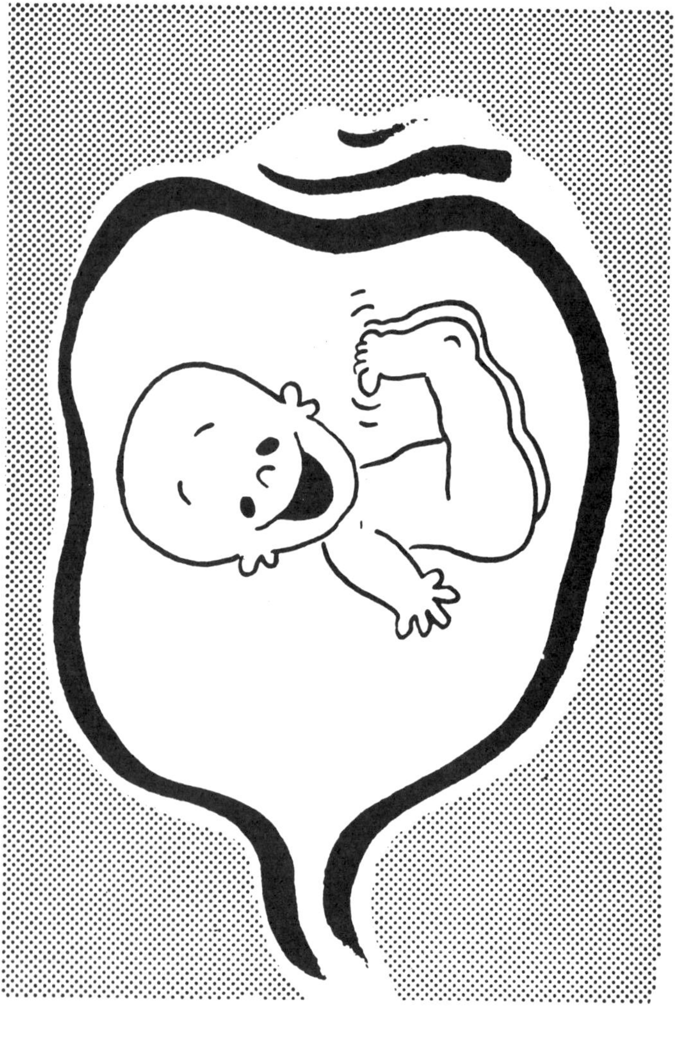

Se eu continuar crescendo desse jeito, vou ter que me mudar daqui algum dia. Há poucas semanas, minha cabeça ainda não era maior do que um "o" minúsculo; e meus braços e pernas não eram maiores do que isto: ||. Depois minha cabeça ficou do tamanho de um "O" maiúsculo, e meus braços e pernas ficaram mais ou menos deste tamanho: ( ). Agora já moro aqui há mais de dois meses e não paro de crescer. Já contei a vocês que agora tenho meus próprios pulmões e narinas, através das quais posso inspirar? E ossos, sim senhor. Já sou capaz de mover os braços e as pernas, o que é realmente muito divertido, acreditem. Algumas vezes, é com eles que eu dou um empurrãozinho nas paredes da minha casa – é para dar sinais de vida à mamãe. Só que até agora não consegui direito entrar em contato com ela. E sabem o que mais eu consigo fazer?

Consigo mexer os dedos dos pés! Vocês também?

Oh, oh, preciso arrotar!

Às vezes eu só posso mesmo é rir da mamãe. Lá está ela dizendo que não cabe mais em seus vestidos; ela diz que eles estão apertados demais, porque eu preciso cada vez de mais espaço. Ha! Ha! Essa é muito boa! Eu ainda nem encosto nas paredes. Mas tanto o papai como o médico da mamãe dizem que tudo isso não passa de imaginação, até que o seu estado esteja mais adiantado. Adiantado? Mas adiantado em que sentido?

Além disso, o médico da mamãe diz que ela deve comer mais vezes por dia, e em menores quantidades, ao invés de apenas duas refeições bem reforçadas. Em consideração a mim, ele diz. Por minha causa! Bem, de qualquer forma, eu não gosto mesmo quando ela se entope de comida. Sinto-me como se quisesse arrotar. Aliás, eu poderia fazê-lo sem a menor dificuldade; era só querer. Tenho boca e tudo, e. . . olha aí: isso foi um arroto!

Puxa, essa minha mãe é mesmo uma boba. Agora ela acabou de comer alguma coisa que não deveria.

Menino ou menina?

Mamãe e papai estão completamente abobados por minha causa. A mamãe diz que mais tarde eu irei me chamar Anete, Adélia, Ágata, Adriana, Alda, Anita, Ângela, Antônia, Aída, Amanda, Ana, Ada. Ela diz que eu posso ter 1 500 nomes, e lê todos em voz alta, num livro, enquanto o papai anota aqueles de que mais gosta. Mas ele diz que assim não dá; que um garoto não pode chamar Anete, Ágata, Anita ou coisa parecida. Ele quer que eu me chame Alfredo, André, Antônio, Arnaldo, Artur, Adriano, Augusto, Alex, Alan, Adão, Alberto ou Altair; mas a mamãe não quer que uma menina chame Alfredo. Pronto! Lá vão eles começar tudo de novo! O papai diz que brigar por uma coisa dessas não leva a nada, porque eles ainda não sabem se eu vou ser um menino ou uma menina.

Ei, eu já posso cuspir!

Eu já posso cuspir! É claro que não é muito, e nem dá pra fazer pontaria, mas tenho algumas glândulas que produzem saliva. Bem, aqui dentro não há mesmo muito espaço para cuspir muito longe. Na verdade, fazendo uma inspeção mais cuidadosa, descobri que a casa há muito tempo já não é tão espaçosa como me pareceu na ocasião da mudança. Agora já estou morando aqui há quase três meses; no entanto, continuo tão satisfeito quanto antes, e não gostaria de me mudar.

Todo dia acontece alguma novidade por aqui. Se algum dia por acaso eu chegasse a me entediar ainda teria a opção de roer as unhas. Como vocês vêem, agora também as minhas unhas estão crescendo. Além disso, minhas bochechas ganharam músculos de sucção que me permitem sugar alguma coisa que vier ao meu encontro, se isto me der algum prazer. Pode ser que isto aconteça, não é verdade? E sabem o que mais eu posso fazer? Posso fazer xixi no chão. Mas só um pouquinho.

Ai, ai, não estou me sentindo bem!

Hoje eu estou de mau humor. Decididamente, a mamãe é uma boboca. Se ela não parar com isso, não vou poder continuar aqui. Aí eu simplesmente dou o fora, e sem aviso prévio! Depende única e exclusivamente dela. Passei a noite quase toda numa discoteca. Eu! Eu estava dormindo profundamente, quando de repente começou um barulho infernal, e eu fui jogado de uma parede para a outra, centenas de vezes, daqui pra lá. Eu tinha a maior dificuldade em me segurar, e o barulho era ensurdecedor. A noite toda, não consegui pregar os olhos. A mamãe não parava de dançar. E eu ficava cada vez mais tonto. Se eu tivesse alguma coisa com que bater no teto, talvez pudesse recuperar a minha tranqüilidade! Mas eu não tinha nada, e a mamãe e o papai simplesmente continuavam a pular e a gritar: Iê! Iê! Iê!

Coisas desse tipo não são para mim. Por sorte, quando finalmente a mamãe foi se deitar, ela adormeceu logo. E hoje ela não está nada bem. Eu também não.

Estou pensando seriamente em me mudar.

Agora tudo está bem de novo

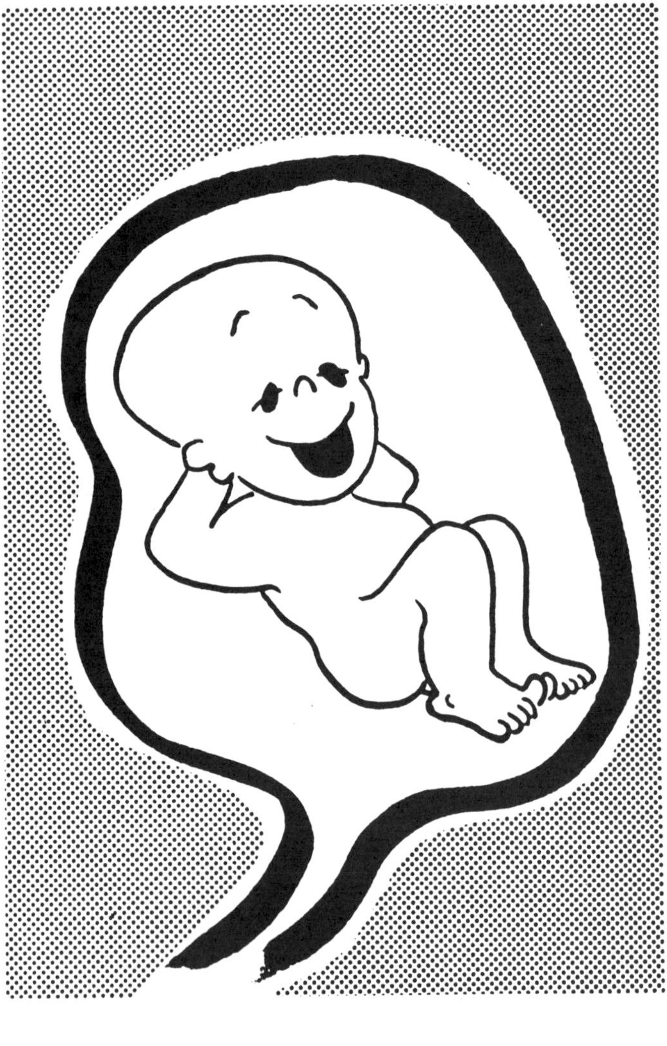

Hoje o médico veio ver a mamãe. Ela disse a ele qualquer coisa sobre pequenos sangramentos. Vai ver que ela cortou o dedo. Mais tarde ela confessou que esteve um pouquinho na discoteca. Um pouquinho! Ah, uma coisa eu tenho que dizer: ainda não superei o susto de ser jogado de uma parede para a outra; sempre que me lembro disso, sinto uma coisa estranha, como se não fosse mais possível viver num lugar tão apertado como este. E então, me dá vontade de ir embora o quanto antes.

Por sorte ouvi o doutor se zangar pra valer com a mamãe, o que foi um grande consolo para mim. Ele se preocupa comigo.

Bem, pra dizer a verdade, a mamãe também se preocupa. Ela ficou o dia inteiro na cama, e não se moveu nem um centímetro, só para não me incomodar. Foi uma atitude adorável da parte dela. Já me sinto muito melhor, e quanto à casa, tomei uma decisão.

Eu fico.

Vocês estão vendo minhas lindas orelhas?

Mais uma coisa me aconteceu. Ganhei pálpebras. Pálpebras maravilhosas, uma em cada olho. E quando eu me apóio com a mão aberta na parede, e sinto alguma resistência que vem do lado de fora, fecho a mão automaticamente. Não é que eu fique bravo. De jeito nenhum; é só para ter alguma coisa para fazer. Engraçado, não é? Meu rosto também está melhorando a cada dia. Aos poucos eu vou ficando parecido COMIGO, e isso também é bom. Assim, todo mundo que bater os olhos em mim vai saber imediatamente que eu sou EU, e não uma outra pessoa qualquer. Agora minhas orelhas estão exatamente no lugar em que devem estar. São uma bela obra, com canais de audição, e um monte de voltinhas e tudo o mais. O papai parece ter um grande interesse pela questão das orelhas. Uma noite, quando ele foi se deitar com a mamãe e comigo, eles ficaram conversando e eu ouvi o papai dizer:

Tomara que ele tenha orelhas bonitas. Pelo menos da minha parte eu fiz todo o possível, querida. É extremamente difícil fazer um par de orelhas bonitas.

Será que eu vou ser um bebê que mama no peito?

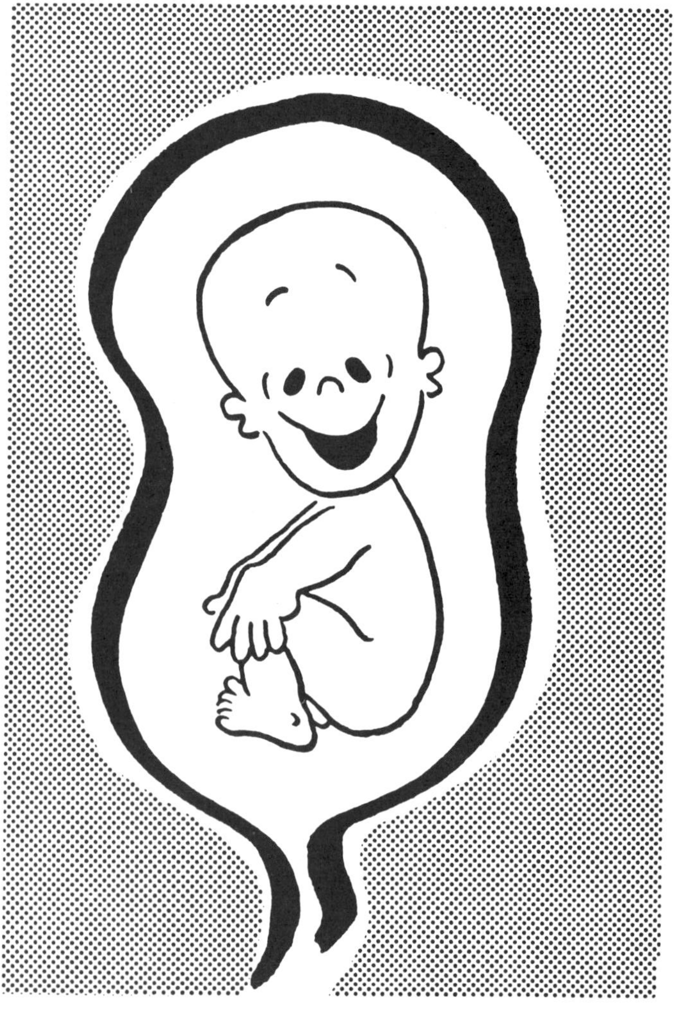

Mamãe continua a se olhar constantemente no espelho. Ela repara bem em seus seios, e diz que eles parecem inchados. O papai acha que eles estão cada vez maiores. Ele diz: Se continuar assim, querida, vou ter que amarrar você com uma cordinha, senão algum dia, você ainda vai escapar voando como um balão de gás. Isto é o que o papai diz. Quando os dois conversam sobre os seios da mamãe, sinto uma coisa estranha na boca; sempre me dá vontade de mamar. Engraçado não é? Às vezes sonho com os seios da mamãe e, no sonho, afundo as duas mãos neles e começo a mamar com muita vontade. Não sei por que, mas é um sonho bonito. A mamãe também fala muito sobre a possibilidade de eu vir a ser um bebê de mamadeira, e não um bebê que mama no peito. Vir a ser um bebê de mamadeira? Como assim, "vir a ser"? Bebê de mamadeira, bebê que mama no peito; puxa vida, do que é que eles estão falando?

Talvez o meu leite não seja suficiente, ela diz.

Leite? Pra que serve isso?

Posso chutar a mamãe !

Protesto! Não quero que a mamãe fume tanto. Papai também acha que ela deve fumar menos. Ela diz que o cigarro a acalma. Aí eu lhe dou um chute, e ela apaga o cigarro na hora; então, pára de fumar por algum tempo. Ela me respeita muito quando eu lhe dou um chute. Portanto, de hoje em diante vou lhe dar chutes com maior freqüência. Ficou provado que é a melhor maneira de chamar a atenção dela. Talvez eu esteja apenas imaginando coisas, mas quando ela me enche com essa fumaça estúpida de cigarro, eu tenho a sensação de que não vou mais poder respirar.

Minha mãe também tem uma mãe. A mãe da minha mãe é a mãe dela. Numa palavra: minha avó. Essa avó diz que as futuras mamães que fumam demais ganham bebês muito menores, que ainda por cima nascem prematuramente. Palavras da mãe da minha mãe. Minha avó. Quando ela fala essas coisas, mamãe mais do que depressa apaga o cigarro no cinzeiro. Aí eu suspiro aliviado, encho bem a boca de ar fresco, e o engulo para que ele desça até os pulmões.

Huummmmm! Que delícia!

Mamãe é a melhor do mundo!

É claro que a mamãe é a melhor do mundo; só por ela ser a *minha* mãe. Mas uma coisa é verdade: não é fácil conviver com ela. Nunca se sabe qual a próxima bobagem que ela vai aprontar. Ultimamente ela arrumou um jeito dos mais esquisitos para me embalar. Eu tenho que me agarrar a ela, e muitas vezes fico sem saber qual é o lado de cima e qual é o de baixo. Ela chama isso de ginástica para gestantes. Pelo amor de Deus, mãe, pare com isso! E ela ainda diz que faz isto por mim! Sem mais nem menos ela fica de quatro, levanta o corpo em forma de arco, balança o traseiro pra lá e pra cá, gira sobre as costas e movimenta as pernas, descrevendo círculos no ar; e coisas desse tipo. Algumas vezes eu fico tontinho, tontinho. Outras, porém, eu me divirto pra valer. Por exemplo, só dá mesmo é pra rir quando ela faz dessas loucuras, e anda rastejando sacudindo o traseiro da direita para a esquerda; é que isso parece um balanço, e me faz cócegas na barriga. Olha aí, lá vai ela outra vez!

Haha! Haha! Pare com isso. . .

Essa não... até o papai!

Fica cada vez mais difícil conviver com a mamãe. Eu já estou cansado de ouvir todas as suas reclamações. Ou ela está com prisão de ventre, ou com a pele cheia de espinhas, ou com cãimbra, ou com azia, ou com milhares de outras coisas; aí ela corre de novo para o banheiro – não se tem mais um minuto de sossego. E, ainda por cima, agora até o papai começou a se intrometer. Ele diz que ninguém se preocupa mais com ele. Se a mamãe se queixa, ele acha ruim. Se ela não se queixa, ele acha ruim do mesmo jeito. Ele diz que na sua frente ela pode falar sem medo. E quando ela fala, ele acha que é tudo bobagem. "Você faz tempestade em copo d'água", ele diz, "e eu não quero mais ouvir nem uma palavra sobre esse parto. Qualquer mulher que saiba cortar um pedaço de pão também sabe pôr uma criança no mundo."

Pôr uma criança no mundo? O que quer dizer isso?

É simplesmente divino!

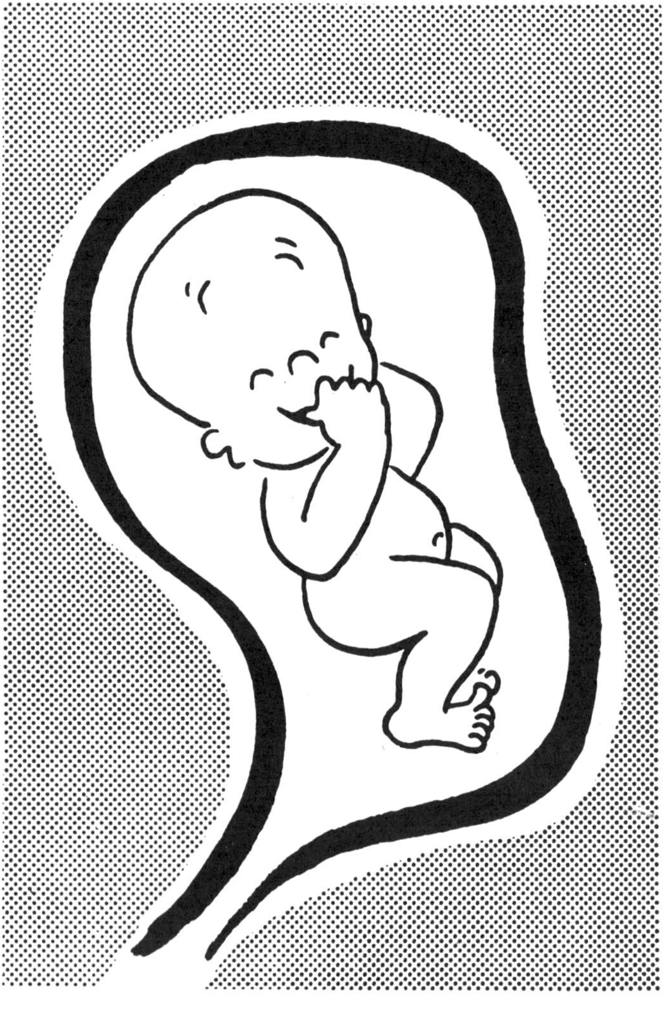

Mais gostoso do que isso é impossível! Por mim, tudo pode continuar como está. Agora eu tenho a minha própria circulação sangüínea e me sinto otimamente bem. Minha mãe também está melhor. Ultimamente ela me parece mais calma. E quando a mamãe não se irrita, eu também não me irrito; e quando a mamãe e eu não nos irritamos, o papai também não se irrita; e quando nós três não nos irritamos, ninguém se irrita.

Portanto, não nos irritemos.

É simplesmente divino: toda noite, quando a mamãe está deitada, o papai me acaricia. Não diretamente, é claro. Ele acaricia a barriga da minha mãe. E então ela diz: "É maravilhoso carregar essa coisinha pequenininha bem abaixo do coração." E o papai diz assim: "É. . . não é simplesmente fantástico?" Aí a mamãe tem que ficar deitada bem quietinha, sem dizer nem uma palavra, e ele coloca o seu ouvido sobre a barriga dela para tentar me ouvir.

Hu! Hu!

Mamãe, o que é que você está fazendo?

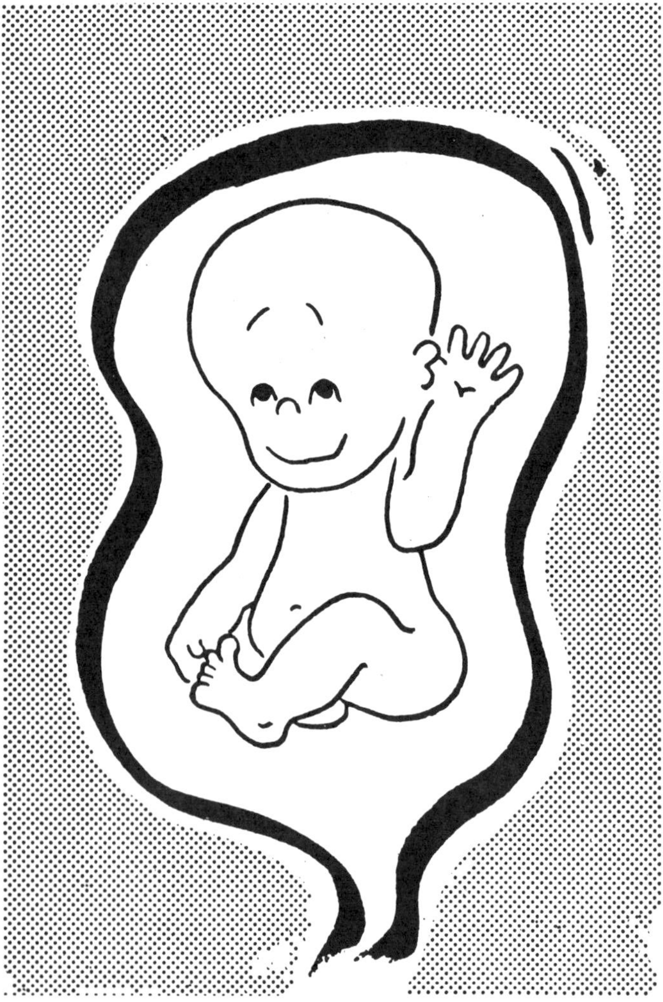

Há algum tempo, quando encosto o meu ouvido na parede, escuto um barulho curioso, alguma coisa raspando, como se alguém estivesse lustrando o chão. Nunca consegui descobrir o que é isto, mas agora eu ouvi a mamãe conversando com o papai sobre o assunto. É a mamãe que esfrega a sua barriga! Que loucura, não é mesmo? Mas ela insiste nisso, e diz que é porque a sua pele logo vai ter que se esticar tanto, que ela vai precisar ser flexível e elástica como uma bexiga cada vez mais cheia de ar. Ela espalha cremes hidratantes sobre a barriga, e faz massagens nela. Mas isso não ajuda em nada: a cada dia que passa a pele se torna mais rígida, e o papai diz que logo ela estará tão lisa, que ele vai tentar andar de patins em cima dela.

Eu não me surpreenderia se ele algum dia chegasse a fazer isso. Aos poucos eu vou me acostumando com as coisas.

Tenho... hic!

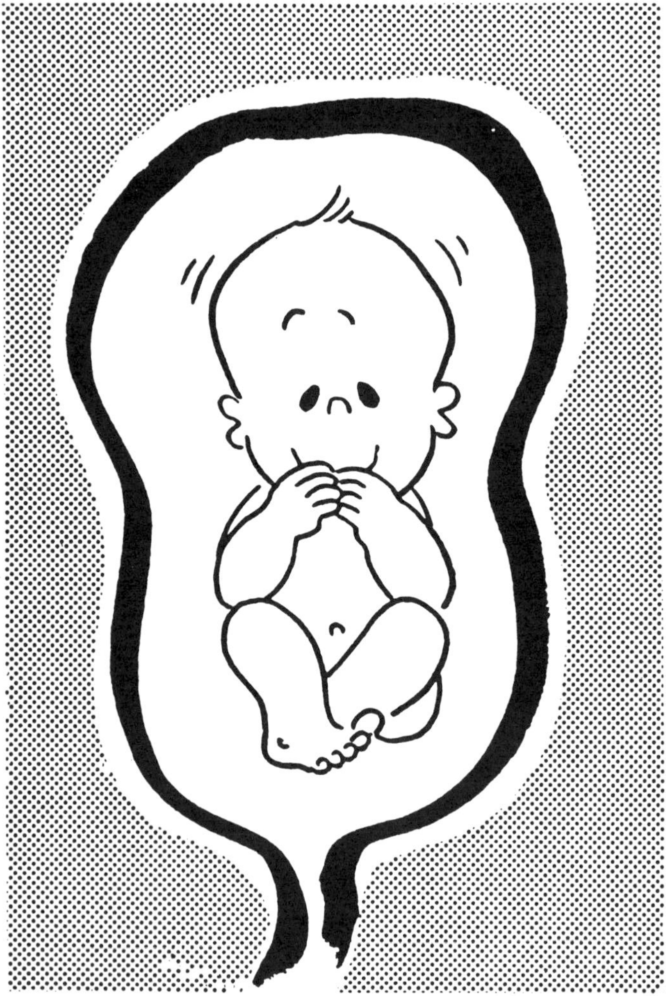

Se eu tivesse um espelho! Gostaria tanto de ver como eu fico com cabelos! É que a minha cabeça ganhou cabelos. Se a mamãe pudesse me ver agora, certamente ela acharia que eles combinam muito bem comigo. Além disso, ganhei – hic – cílios. Quando pisco os olhos, eles também piscam. E mais uma coisa – hic – descobri uma posição excelente para dormir. É realmente repousante: com o queixo apoiado no peito. Nessa posição – hic – posso. . . ah, mas isso é bobagem. Também não sei o que é, mas – hic – olha aí, me deu isso de novo. Às vezes essa coisa dura horas, como se um arroto estivesse dando cambalhotas no meu diafragma – hic! Sinto muito ter que irritar a mamãe com esse festival idiota de "hics", pois aqui tudo é tão quentinho, tranqüilo e bonito, e é muito chato causar esses aborrecimentos. Por sorte descobri nesse meio tempo, uma maneira de parar com esses soluços: é só respirar regularmente e bem fundo, então –

Hic!

Estou muito deprimido!

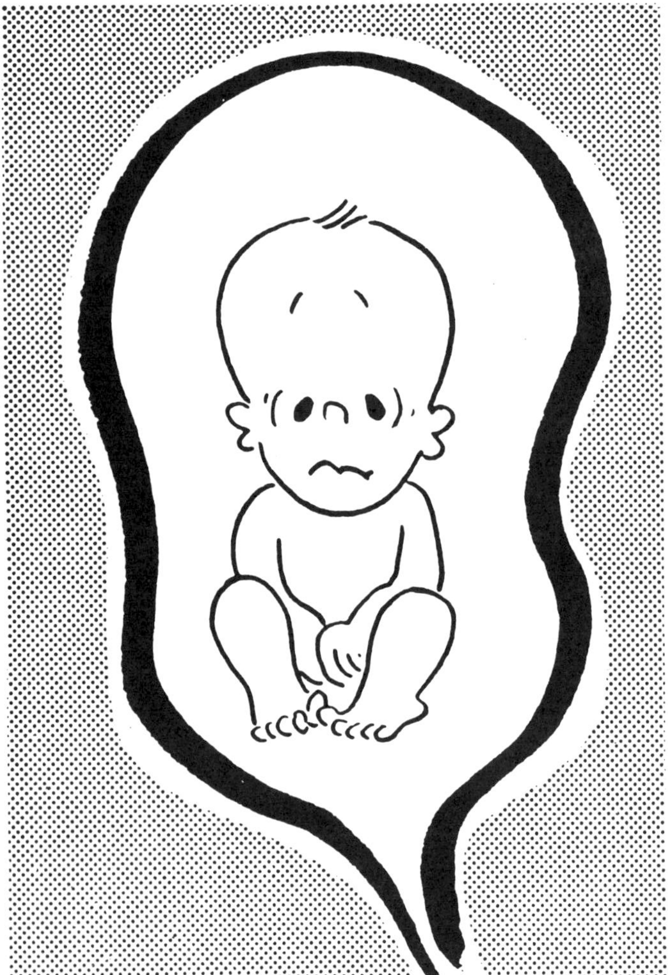

É. . . acho que me assustei. Até hoje, tudo era tão gostoso e quietinho, e de repente aconteceu uma coisa que me faz ter medo do futuro. A mamãe me levou à casa de uma mulher chamada *parteira*. Vocês podem ter certeza de que vou gravar bem esse nome, e prestar muita atenção para nunca mais topar com ele. Não quero saber de nada com essa mulher. Se ela se aproximar de mim outra vez de forma tão importuna, vou simplesmente virar-lhe as costas. Eu não saberia dizer por que ela me é tão antipática. Não gosto dela e pronto! Ainda estou tremendo, embora ela não me tenha feito nada de mal; apenas fez um exame de sangue na mamãe e tentou me escutar. Fiquei bem quietinho, e não ousei nem respirar. Mas o bobo do meu coração bateu tão forte, que ela não pôde deixar de ouvi-lo. Ela disse à mamãe que, se ela tivesse conseguido ouvir dois batimentos diferentes, eu seria gêmeo.

Eu? Gêmeo?

Não entendi nada.

Ui! Gin arde nos olhos!

Os dias voltaram a correr calmamente. Daria para eu sentar tranqüilamente a minha bundinha pelada, sem me preocupar com nada e, de vez em quando, tirar uma soneca na minha nova posição. Mas vejam o que aconteceu ontem à noite! Mamãe e papai receberam alguns convidados, a mamãe comeu todas aquelas coisas gordurosas, que o médico tanto desaconselhou, e eu estou me sentindo simplesmente péssimo. Depois ela quase me afogou numa coisa que se chama gin e vermute, e ainda numa outra coisa que se chama Coca-Cola com rum. Naturalmente, essa coisarada se infiltrou todinha em mim; quase afundei em gin e vermute, e os meus olhos começaram a arder. Eu mal podia respirar; fiquei com medo e bati os punhos cerrados nas paredes, dei pontapés com toda a força à minha volta, para que ela parasse com aquilo. Finalmente ela parou e foi se deitar, dizendo que não se sentia bem.

É só eu balançar a cabeça, que me dá a sensaçao de que todo o espaço à minha disposição, de que o mundo todo, está mergulhando em gin e vermute.

Deixem-me em paz!

Não gosto quando a mamãe me arrasta para visitar todas as suas conhecidas. Há pouco estivemos numa coisa que se chama curso de relaxamento. Sempre fico irritado quando essas mulheres bobocas dizem coisas tão esquisitas à mamãe, e a convencem a fazer bobagens, ao invés de deixarem a mamãe e eu vivendo juntos em paz. A moça aconselhou a mamãe a deitar-se e a ficar completamente relaxada. Ela tinha que inspirar lentamente pelo nariz e deixar o ar sair lentamente pelas orelhas (talvez também pela boca; de qualquer forma b-e-e-e-m lentamente). Em seguida a mamãe deveria eliminar todas as tensões internas desnecessárias, afastar de si tudo o que não era importante, e concentrar-se totalmente em seu corpo. Palavras de especialista em relaxamento. Ela diz que seria muito útil a mamãe entender o quanto a musculatura e a respiração se influenciam reciprocamente, e como isso é importante.

Blá! Blá! Blá!

Não façam tanto barulho!

Minha mãe foge à média das outras mães. Ela não tem o menor jeito para lidar com os outros. Minha casinha não é tão isolada e distante quanto ela imagina. Há bem pouco tempo eu me tornei muito sensível a ruídos que vêm de fora. Se uma porta bate, eu estremeço. Quando alguém liga o rádio, eu acordo. Ou quando um cachorro late. Mas o pior de tudo é quando a mamãe se levanta no meio da noite e começa a dar tiros com uma metralhadora. Agora ela faz isto quase todas as noites e o papai acha que ela adquiriu alguns hábitos alimentares muito bobos. No momento ela está fascinada por uma coisa que se chama pipoca, e jura de pés juntos, que sem pipocas ela não consegue viver. Lá pelas duas horas da madrugada ela se levanta, despeja um pacotinho de grãos de milho numa panela e faz pipocas; e quando o milho explode na panela, o barulho é mais ou menos assim: Peng! Peng! Peng!, e eu acordo do sono mais doce do mundo, tremendo de medo.

A gente precisa ter nervos de aço para ser ALGUÉM!

Mamãe está chorando!

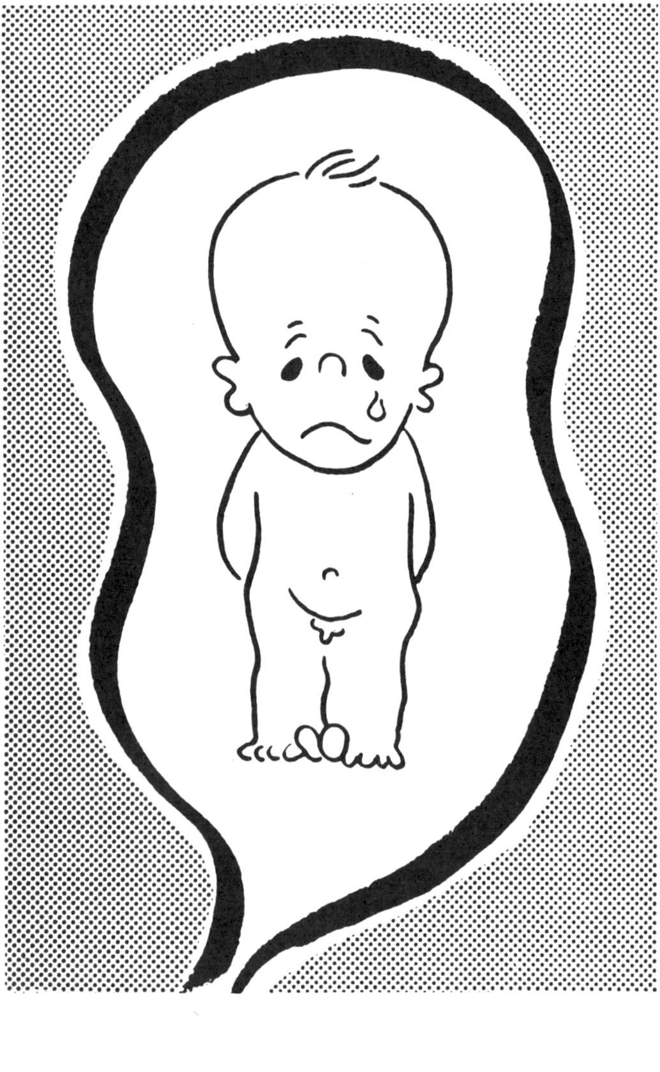

As coisas não vão nada bem por aqui! Mamãe está chorando, deprimida e totalmente descontrolada. O papai a está consolando e dizendo que ela não deve dar ouvidos às baboseiras dessa mulherada. Tudo começou quando a mamãe convidou algumas senhoras para um chá. Só falaram de mim, o tempo todo. Uma das mulheres disse que ela conhecia uma mulher, que conhecia uma mulher, que tinha tido pré-eclâmpsia. A mamãe perguntou o que significava aquilo, e a mulher disse que era uma intoxicação da gravidez. Aí uma outra mulher disse que ela tinha uma amiga, que tinha uma filha, que teve sarampo durante a gravidez. Dito isto, passou a reinar um silêncio absoluto na sala, até que uma outra mulher disse que ela conhecia uma mulher, que conhecia uma mulher, que tinha ouvido falar de uma mulher, cujo bebê tinha nascido com ajuda de fórceps. Nesse momento a mamãe começou a chorar. E está chorando até agora. E quando a minha mãe chora, eu também tenho vontade de chorar.

Pare com isso, mamãe, pare com isso. O papai também acha que você deve parar!

Eu vou muito bem, obrigado!

Bom, agora nós já sabemos! O médico da mamãe disse que de agora em diante eu estou apto para viver. Mamãe está no sexto mês, e se porventura alguma coisa vier a acontecer, diz o médico, eu tenho a chance de viver numa incubadora. Muito obrigado, mas eu não vou pra encubadora nenhuma; estou muito satisfeito aqui onde me encontro agora. Ele nunca me viu mas sabe de tudo a meu respeito. Eu já meço 600 cm e peso 35 gramas. Ou será que é o contrário? Não prestei bem atenção. Achei muito mais engraçado quando ele disse que eu estou envolvido por uma camada protetora. Um depósito de gordura branca, que me protege contra choques quando esperneio ou me viro. De agora em diante, portanto, posso dar quantos chutes quiser à minha volta, sem me machucar. Quando a mamãe está deitada e o papai observa atentamente a sua barriga, ele pode ver como eu driblo a pelota, chuto e dou cabeçadas.

Ele diz que vai me comprar chuteiras.

Taí. . . legal!

Agora a mamãe comprou fraldas!

Mamãe foi até a cidade e comprou fraldas. Fraldas e mais fraldas. A vendedora explicou que, além da finalidade principal, elas ainda poderiam ser utilizadas para outras coisas. Que finalidade principal? Ela disse que, dobradas, elas podem ser usadas como babador; ou como lençol, esticadas sobre a minha caminha. Certamente ela só estava brincando com a mamãe, pois eu não tenho cama nenhuma; mas a mamãe ouviu tudo com muito entusiasmo, os olhos arregalados, faiscando... Ela também comprou uma coisa que tem um nome parecido com "manta", além de calças plásticas. Ah! e um macacãozinho para eu poder espernear quando estiver deitado; eu acho ótimo, pois logo, logo, vou bater o recorde mundial em espernear.

Quando a mamãe voltou para casa com as compras, o papai quase teve um ataque do coração. O que é que você pretende fazer com essa coisarada toda? Será possível que você comprou coisas para a maternidade inteira?

Quando o papai pronunciou a palavra maternidade, senti como que uma descarga elétrica; a mamãe colocou as mãos na barriga e não se sentiu muito bem.

Alarme falso, disse o papai. Não há nada com o que se preocupar.

Papai tem suas limitações...

Pois bem, hoje eu estive no circo! A mamãe trouxe para casa uma coisa que ela chamou de boneca de plástico, e quis que o papai desse banho nela e a trocasse. E ele tentou. Mas quando ele tinha começado a colocar a fralda, jogou tudo no chão e disse muito bravo que ele não queria nem saber daquela palhaçada. Aí a mamãe fez um gracejo com ele até que, por fim ele tentou de novo; mas aí ela disse que ele não tinha o menor jeito para a coisa. Eu gostaria muito de ter visto a boneca de plástico, porque a mamãe disse que ela era uma gracinha, e que se eu fosse assim tão bonitinho ela ficaria muito contente; então ela enrolou a boneca de plástico na mantinha, e a embalou nos braços suavemente, para cá e para lá. . . Isto eu gostaria de ter experimentado.

Eu converso com a mamãe!

Mamãe começou a conversar comigo. Ela me chama de seu tesouro, de seu safadinho. Às vezes ela diz que eu sou um verdadeiro capeta; outras, que se eu não me comportar melhor, ela vai ficar brava de verdade. Quando ela diz isto, também não me chama de seu tesouro. Mamãe e papai têm uma cachorrinha, muito querida, muito boazinha, que eles chamam de Pussy. Às vezes, quando a mamãe está descansando em sua cama, a Pussy pula em cima dela e deita-se sobre a sua barriga; nessas horas, eu quase consigo sentir como ela é adorável e mansa. Às vezes eu lhe dou um chute, só de brincadeira; ao senti-lo, ela se levanta e, com a pata, bate de leve na barriga da mamãe. Então a mamãe ergue a cabeça e diz: "Ei, vocês dois aí embaixo! Sosseguem!"

E quando a mamãe está deitada na banheira, e fica bem quietinha, mas bem quietinha mesmo, querendo que exatamente naquele momento eu lhe dê um chute, eu mexo um pouco as pernas, só para lhe dar esse gosto então; ela franze a testa, e diz: "Ah, seu safado! Pare de formar essas ondas!"

Mamãe e papai estão com problemas

Estive com mamãe no médico. Papai também foi. Aliás, não foi por minha causa que nós fomos. Os dois disseram que de uns tempos para cá eles vêm tendo problemas com a sua vida em comum. Mas o médico disse que eles não deveriam levar isso tão a sério, nem fazer disso um problema. "Afinal", disse ele, "isso não é nenhum problema". Ele aconselhou o papai a levar em consideração o estado de ânimo de mamãe, e disse que depois do nascimento tudo voltaria a correr normalmente. Sempre que ouço a palavra "nascimento", aguço os ouvidos e fico alerta. É claro que eu não sei muito bem do que eles estão falando; mas parece que é alguma coisa que ou a mamãe, ou o papai ou a parteira devem "dar à luz". Bom, pra mim tanto faz; não é nada comigo, mesmo. Muito mais divertido foi quando o médico perguntou ao papai se ele gostaria de me escutar através de uma coisa que o médico chamou de "estetoscópio". Com ele, o papai auscultou a barriga da mamãe, e o médico perguntou se ele conseguia ouvir alguma coisa. Então ele respondeu:

Puxa, é claro! Pelo visto esse cara está andando lá dentro com patins de rodinhas!

Muitos livros foram escritos a meu respeito!

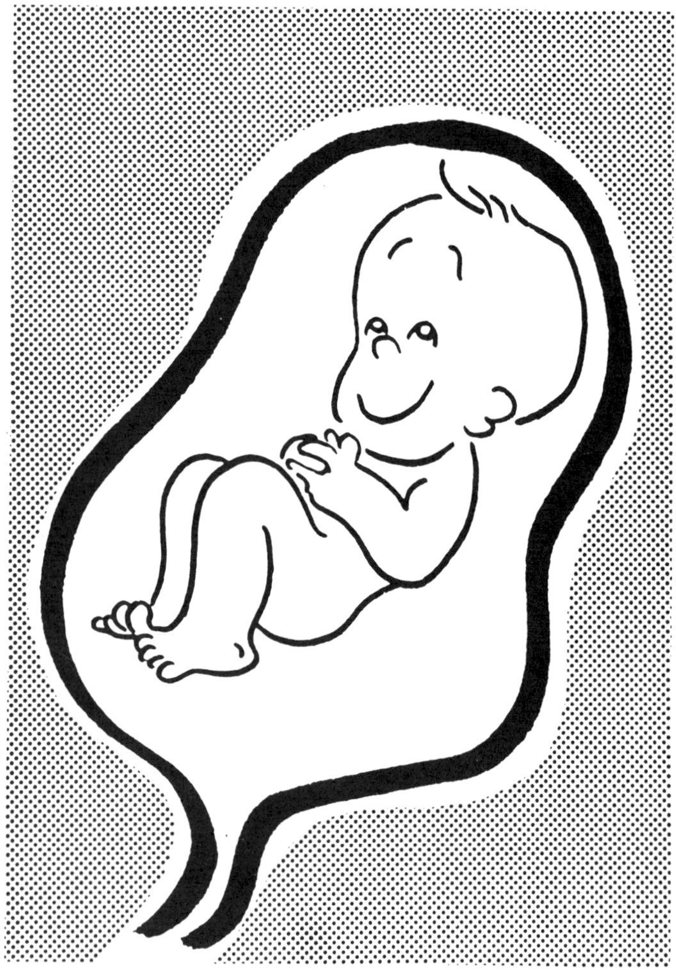

A mamãe começou a ler uma porção de livros a meu respeito. Na verdade, uma idéia muito esquisita. Eu não me considero uma coisa fora do comum; no entanto, parece que foram escritos grossos livros a meu respeito, em todos os idiomas imagináveis. Sei disso, porque a mamãe conta ao papai coisas estranhas que ela leu. De vez em quando ela lê alguma coisa em voz alta e, embora o papai devesse se interessar pelo assunto, nem sempre ele presta muita atenção. Há pouco tempo a mamãe disse que havia encontrado num de seus livros a seguinte frase: "O processo de divisão celular também é chamado de cisão celular, e enquanto o óvulo ainda está descendo pelo oviduto, ele se divide primeiramente em duas, depois em quatro, e finalmente em oito partes."

– Uma forma fantástica de se reproduzir, você não acha? Perguntou a mamãe.

– Sim, respondeu o papai. Eu sempre acreditei que só os átomos se dividissem assim; mas tomara que você saiba o que faz.

Será que eu não posso ficar aqui?

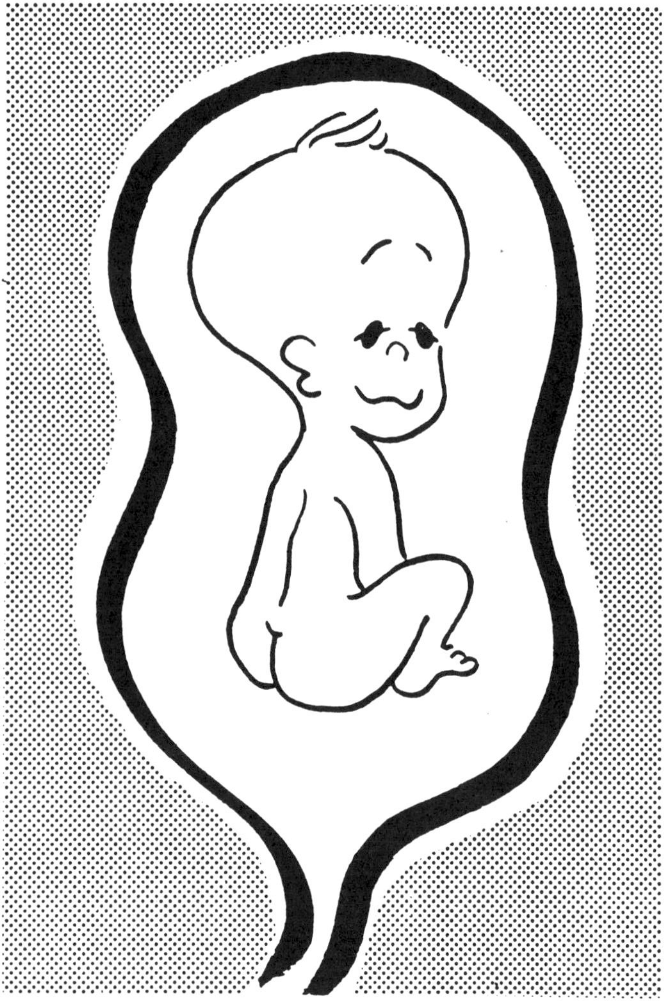

Mamãe foi de novo consultar essa tal de parteira! Eu me escondi e virei-lhe as costas para que essa boba não percebesse que eu também tinha vindo junto. Por sorte as duas falaram principalmente sobre exercícios de respiração, que a mamãe precisa começar a fazer agora, pois vai ajudar muito ela aprender a dominar essa parte do processo. Palavras da parteira. Ela tem que exercitar a respiração torácica, abdominal e a respiração cachorrinho. A parteira mostrou como ela deve fazer. Essa respiração cachorrinho me parece totalmente absurda. A mamãe precisa se deitar de costas com os joelhos dobrados e ofegar feito um cachorro que correu depressa demais para pegar o gato do vizinho. Foi o que a parteira disse. Então a mamãe treinou essa respiração cachorrinho, e ela produziu uma sensação esquisita em mim: fiquei angustiado e quis sair. Fui para casa pensando espantado em como a mamãe faz tudo o que essas pessoas tão esquisitas lhe ensinam.

Hum... é divertido chupar o dedão!

A mãe da minha mãe, minha avó, comentou hoje como é engraçado imaginar que eu estou na barriga de minha mãe, e que precisamente agora posso estar chupando os dedos. Chupando os dedos? Nunca tinha pensado nisso. Eu só ficava deitado ali, sem pensar em nada de especial. Mas desde que a mãe da minha mãe, minha avó, falou aquilo de chupar os dedos, bem. . . tentei fazê-lo só para ver se eu era capaz. Só que no começo não consegui direito, até que apanhei meu polegar. Aí, não poderia ser melhor! É como se o polegar fosse feito para se chupar! A mãe da minha mãe, minha avó, disse, que algumas crianças chupam tanto o dedão quando estão na barriga da mãe, que elas acabam ficando com um calo no polegar. Verifiquei direitinho: eu ainda não tenho nenhum calo. Talvez eu devesse chupar o dedão com maior freqüência. Mas a mamãe não parece estar nem um pouco orgulhosa com o fato de eu conseguir chupar os dedos.

Será que é certo a gente se acostumar com isso?

Eu faço muita bagunça!

Ultimamente tenho feito tanta bagunça, que a mamãe disse que eu era gêmeo. Ela acha que uma única criança não é capaz de se mexer tanto assim. Toda vez que a mamãe fala em gêmeos, percebo que o papai fica inquieto pois, conforme ele diz, gêmeos são uma brincadeira cara. Então a mamãe diz que, de cada 85 mulheres grávidas, apenas uma dá à luz gêmeos. E de cada 7 225, apenas uma tem trigêmeos; e de cada 614 125, apenas uma tem quadrigêmeos. Mas uma vez ela contou que tinha acabado de ler a respeito de uma pigméia africana que tinha dado à luz sete bebês. Quando ela menciona coisas desse tipo, sua voz parece amedrontada. Mas o papai nem dá ouvidos a essas coisas, e não as leva a sério de jeito nenhum.

– Uma pigméia africana? Sete bebês? – foi só o que ele disse. Eles só poderão virar anõezinhos! Esses vão precisar de uma escada se quiserem colher morangos, completou.

Agora a mamãe comprou um berço!

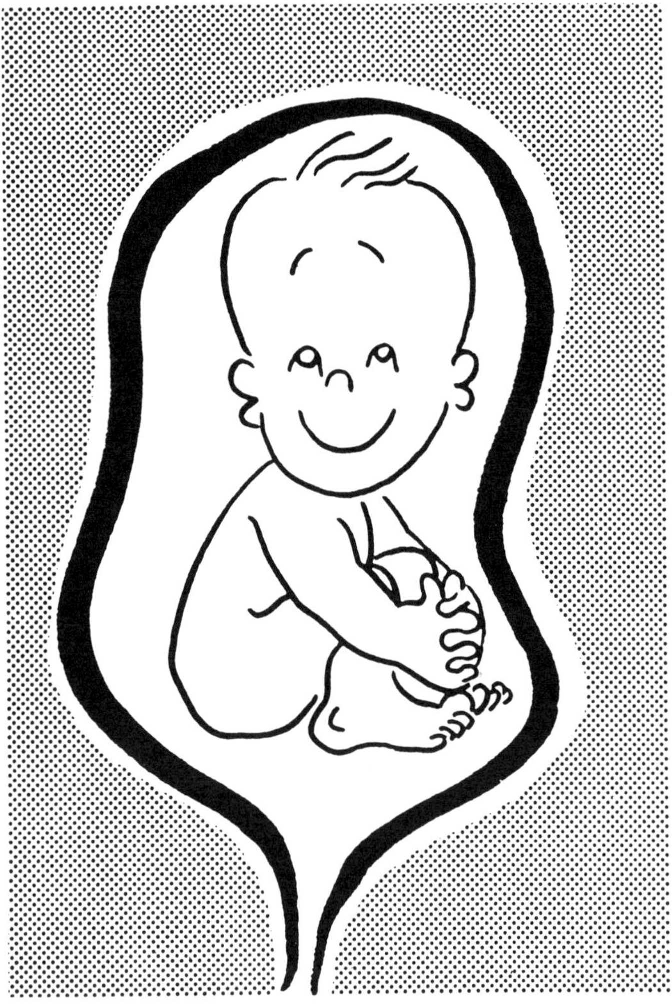

Veja só! Agora a mamãe e o papai compraram um berço para mim. Eles olharam uma porção de berços. O papai queria comprar um que se chamava cestinho de Moisés; mas para a mamãe ele era simples demais. Aí eles olharam um berço de madeira e uma caminha portátil. Mas a mamãe foi se chegando para um canto onde havia um berço todo revestido de tecido, rodeado de pregas cor-de-rosa pastel, que a vendedora chamava de rufos, com um debrum muito chique de renda; o berço tinha um baldaquino de musseline rosa, vaporosa, com um cortinado branco simplesmente incrível, todo franzido. A mamãe ficou apaixonada por ele. "É este ou nenhum outro", ela disse. Ela não queria nem saber dos outros. Mas o papai não estava plenamente convencido, porque o berço era muito caro. Aí a mamãe disse que naturalmente seria muito mais barato colocar-me num cesto de vime, como os que se usam nas fazendas para colocar ovos, ou simplesmente sobre o capacho. Nesse momento o papai deu o braço a torcer e comprou o berço cheio de drapeados.

Mas como é que eles um dia pretendem me colocar ali? Isso continua sendo um mistério para mim.

Agora a mamãe está no sétimo mês!

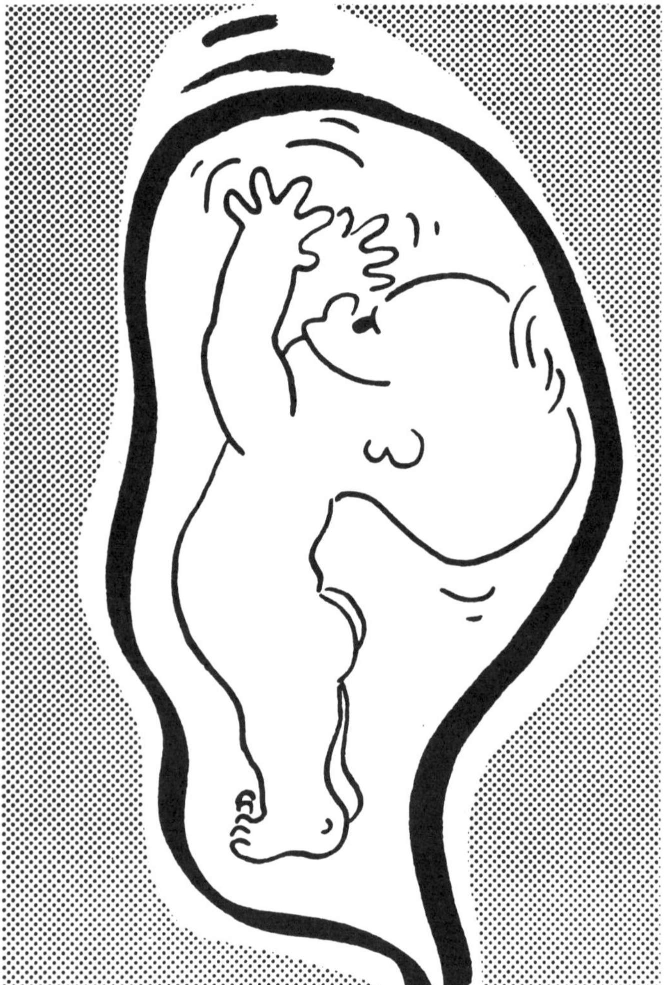

Mamãe diz que está no sétimo mês. Ela está muito nervosa. "Não sei como vou conseguir passar estes últimos dois meses" ela diz. Eu também estou um pouco preocupado com o meu futuro. É que me lembrei de uma coisa. Quando me mudei para cá, havia qualquer coisa no contrato de locação dizendo que ele seria válido por apenas nove meses. Fico meio preocupado com o que poderá acontecer se eu não conseguir prorrogá-lo, de alguma forma, por mais nove meses; e quando eu estou preocupado, chupo o dedão de modo particularmente guloso. Isto tudo me aflige tanto, que a minha cabeça está ficando cada vez mais cheia de cabelos.

Mamãe não agüenta ficar de pé por muito tempo. No ônibus, não são muitas as pessoas que se levantam para nos ceder o lugar. A mamãe acha que ela ainda não parece suficientemente grávida. Mas quando ela procura um lugar para se sentar, eu a ajudo um pouco. É que eu descobri que a sua barriga se enverga para a frente quando eu encosto as pernas na parede da casa; então, na maioria das vezes, alguém se levanta e diz: "A senhora não gostaria de se sentar?"

Já estou tão grande! Tenho 40 cm!

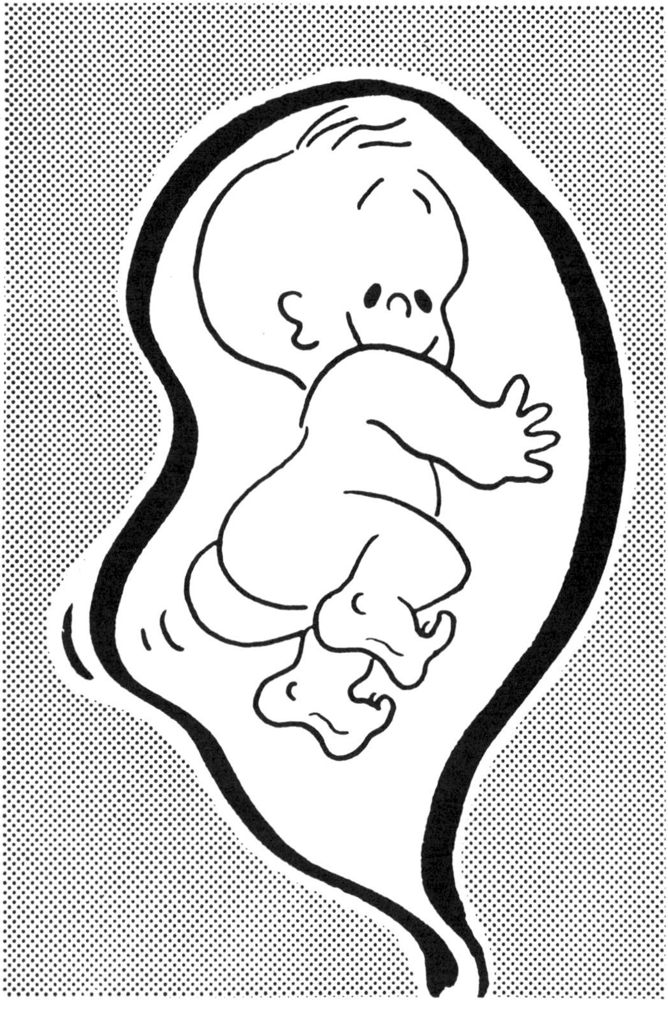

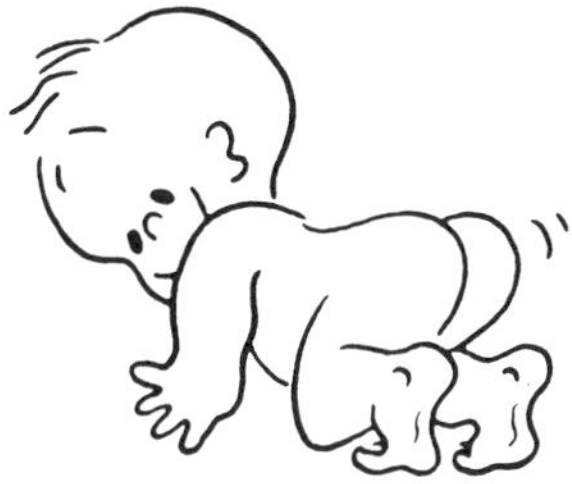

Só dá mesmo pra rir! Enganei direitinho a mulher que diz chamar-se PARTEIRA. Mamãe e eu estivemos novamente na casa dela. Ela é terrivelmente inteligente e a mamãe tem um grande respeito por ela. Tudo o que ela diz, a mamãe segue ao pé da letra. Até agora, EU não significava nada para ela. Ela sempre me chamou de feto, e agora, pelo menos, começou a se referir a mim como um bebê. Isso já soa um pouco melhor, não é mesmo? Ela disse que agora que eu já meço mais de 40 cm, é só ela colocar a mão sobre a barriga da mamãe para sentir qual é a minha posição, quais partes do meu corpo estão para cima e quais estão para baixo. Mas ela diz que para esse tipo de toque é preciso ter muita experiência, pois a criança sempre muda de posição. É o que ela diz. E então, com uma cara de gente que tem muita experiência, colocou as mãos sobre a barriga da mamãe e a apalpou. "Aqui está a cabeça", disse ela. Nesse momento eu me virei bem depressa e lhe mostrei exatamente a parte oposta.

Mamãe está cada vez mais gorda!

A mamãe já não consegue mais ficar sentada direito na cadeira. O papai já falou isso uma porção de vezes. Ele diz que ela se senta com as pernas bem separadas e a barriga empinada para a frente, como um gordo comerciante de cavalos, sentado desleixadamente à mesa do bar, à espera do seu trago. A mamãe se defende e diz que essa é a única posição que deixa espaço para mim. Ela também não consegue mais se levantar. Se ela se senta numa poltrona macia, daquelas em que a gente afunda, dá um trabalhão para ela se levantar novamente. Isso porque ela está muito pesada e não consegue erguer a barriga. O papai sempre ri, e então diz o seguinte: "Quando você quer se levantar, sua atitude é tão graciosa como a de um rinoceronte sudanês que engoliu uma aeronave, escorregou para trás numa poça d'água, e agora tenta desesperadamente ficar em pé de novo." Mas apesar disso ele a ajuda, estendendo-lhe a mão; ela se põe de pé e tenta pegá-lo para lhe dar um tapa!

Aí a gente cai na risada – nós três!

Vocês têm que ver a mamãe com roupa de gestante!

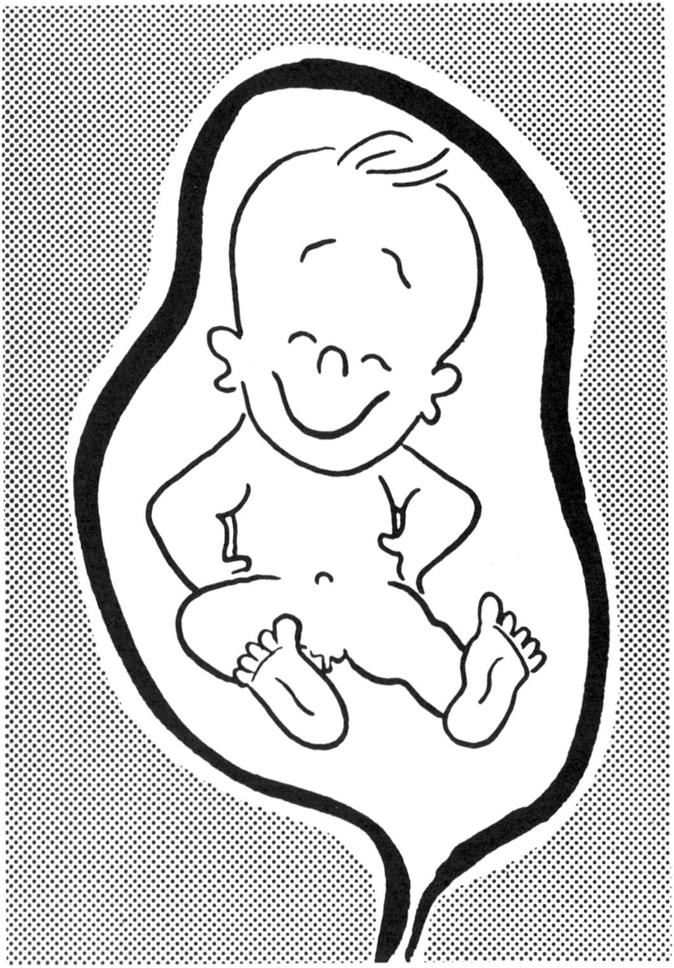

Não é que o papai conseguiu ganhar outro bofetão? Mas também ele não pensa duas vezes antes de abrir a boca. Nos últimos tempos, a mamãe anda extremamente irritada, e algumas vezes não leva nada na brincadeira. Ela anda vestindo umas coisas que se chamam roupa de gestante, aventais ou batas. Ela diz que tudo que ela veste não assenta muito bem. "Fica apertado demais, e desconfortável, além de parecer absolutamente idiota", ela diz. Sempre que ela se olha no espelho, ela se assusta com a sua barriga enorme e quase começa a chorar. Por amor à ela, eu me encolho tanto quanto posso, mas isto não ajuda em nada. E justamente numa noite dessas ela teve que se arrumar e ficar o mais bonita possível. Os dois foram convidados para um jantar, e o papai precisou vestir uma coisa que se chama smoking. Mamãe não queria ir. "Eu simplesmente não tenho nada para vestir", ela disse. O papai parou, pensou um pouco, e então saiu com esta:

Que tal a lona da barraca?

O papai se diverte!

Agora ficou emocionante! A mamãe comprou um montão de coisas, e tudo para mim. Ontem ela comprou uma mesa especial, sobre a qual se pode dar banho no bebê e trocá-lo. Hoje, a mamãe e eu fomos comprar mamadeiras.

Ao voltar para casa, ela encheu uma das mamadeiras com leite morno, e queria que o papai provasse. Ele recusou. EU é que gostaria de ter experimentado. Só de brincadeira. O papai disse que, na sua opinião, a mamadeira não tem nem de longe um formato tão bonito quanto o dos reservatórios de leite da mamãe. "Bobagem", ela disse.

A mãe da minha mãe, minha avó, achou a mesa de trocar o bebê alta demais; aí o papai disse uma coisa que me fez prender o fôlego de medo.

– Uma mesa alta, minha cara sogra, é exatamente do que precisamos. Quando nós colocarmos o bebê em cima dela, e estivermos assistindo televisão no quarto ao lado, ouviremos melhor quando ele cair no chão!

O papai pega no pé da minha avó!

Mamãe e eu estamos freqüentando um curso de puericultura. Não sei do que se trata, pois na maioria das vezes durmo durante as aulas, ao invés de prestar atenção. Na verdade, a mamãe queria que o papai também participasse, mas ele disse que já sabe o suficiente sobre crianças, e que ninguém pode ensinar-lhe mais nada.

Ele diz que uma criança a gente só precisa manter úmida na extremidade superior, e seca na inferior.

E não é preciso aprender a trocar fraldas; aliás, ele diz que não liga muito para isso.

Nos Estados Unidos, as crianças não molham as fraldas. Lá, as mães dão aos filhos leite em pó, e só precisam limpá-los algumas vezes por semana com o aspirador.

O papai adora dizer essas coisas quando a mãe da minha mãe, minha avó, está escutando. É que ela fica horrorizada e o papai cai na gargalhada. Eu tenho um pai engraçado.

Um dia eu gostaria muito de conhecê-lo.

Agora a mamãe está no oitavo mês!

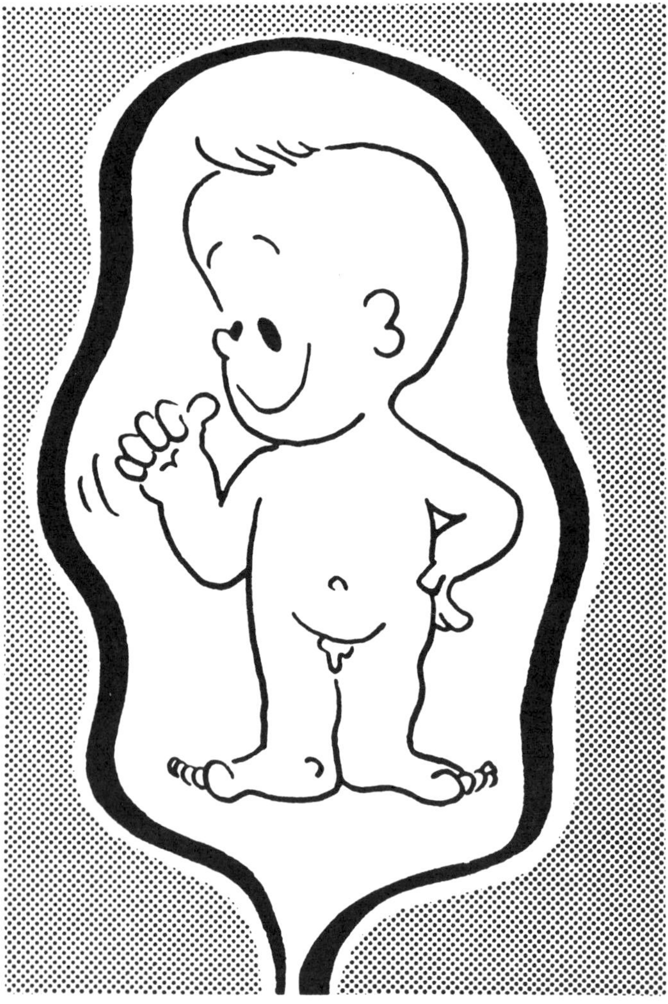

Quando alguém pergunta, a mamãe diz que agora ela está no oitavo mês. E as pessoas vivem fazendo perguntas. Todo mundo quer saber quando isso vai acabar. Eu preferiria que falassem de outras coisas. Toda vez que esse assunto vem à baila eu fico nervoso e começo a tremer. É que eu não consigo me livrar da sensação esquisita de que seja lá o que for, pode ter alguma coisa a ver comigo. E isto eu não quero. Digo de uma vez por todas: comigo eles não precisam contar.

Também preciso prestar atenção ao meu peso. Ela, a parteira, a espertalhona, diz que eu engordei cerca de dois quilos nas últimas seis semanas. A mamãe também está engordando, e a parteira diz que ela ainda pode contar com mais algumas calorias. Até parece que eu também preciso disso! Se for assim, logo, logo, não vou ter mais espaço. Vou parar de chupar o dedão. Será que ele não é cheio de calorias, e por isso eu não paro de engordar? Se eu perdesse alguns quilinhos, haveria mais espaço para mim.

Que pena, a mamãe está de mau humor!

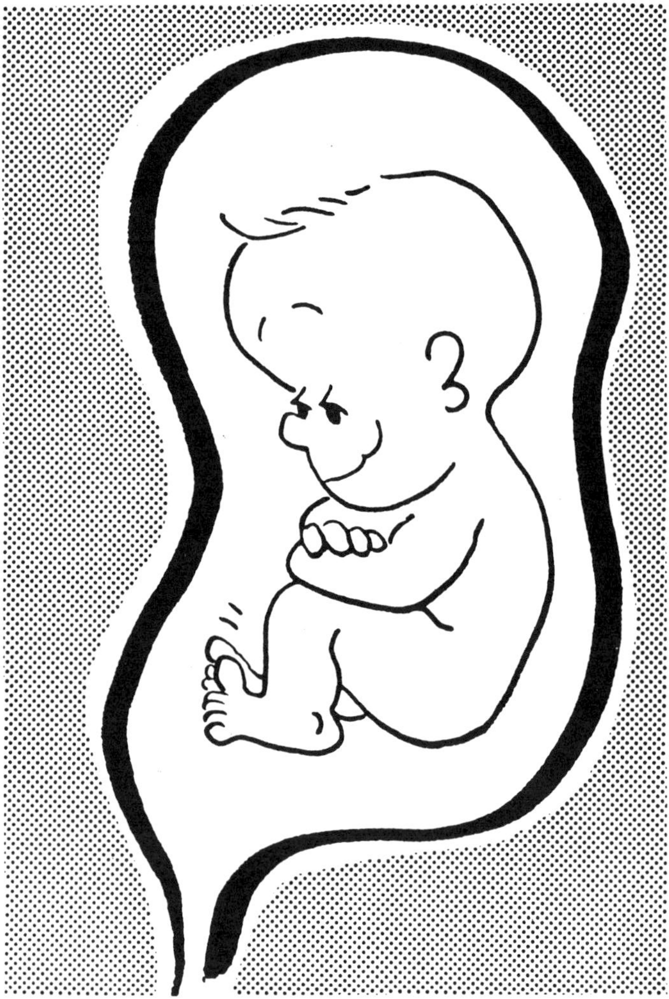

Algumas vezes eu acho que deveria procurar alguma coisa melhor para mim. Quero dizer, uma outra casa. Simplesmente não dá mais para agüentar a mamãe! Ela reclama de tudo! Por exemplo: ela não consegue mais calçar os sapatos, e quando ninguém está vendo, ela fica andando pela casa com os chinelos do papai, muito grandes para ela; ao menor esforço ela chega a ficar sem ar. Enquanto ela se arrasta por aí, fica bufando e ofegando. O papai disse que logo ela vai estar apta a trabalhar para a companhia ferroviária como locomotiva a vapor.

Mas eu acho que ela o perdoa, pois algumas vezes ele a abraça e lhe dá um beijo dizendo: "Eu não me importo que você engorde. Eu adoro cada grama sua e dele."

– Dela, corrige a mamãe. Aí o papai diz assim: "Se for menina a gente tenta outra vez." "Muito obrigada", diz a mamãe. "Tão cedo eu não quero virar locomotiva outra vez."

Agora a mamãe está no nono mês!

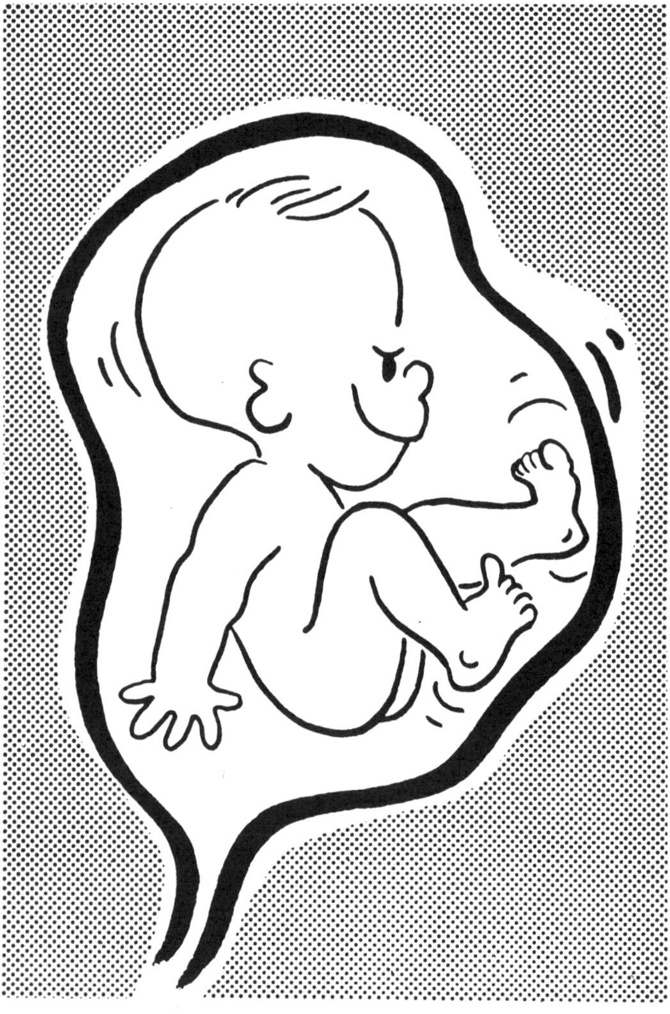

Mamãe diz que agora ela está no nono mês. Eu peso seis bilhões de vezes mais do que pesava na época em que me mudei para a barriga dela. O médico da mamãe diz que se eu continuasse a me desenvolver pelo resto da minha vida, tanto quanto me desenvolvi no mês passado, eu iria pesar mais de 635 quilos quando completasse 10 anos. O papai diz que eu vou parecer uma bola de fermento; mas o médico diz que isso se resolve por si, e que no decorrer da última semana antes do nascimento eu não cresço mais. Pra mim isto só pode estar certo, pois aqui dentro fica cada vez mais apertado. Estou tão forte agora, que quando a mamãe está sentada com um novelo de lã, ou com um cesto de bordar sobre a barriga, sou capaz de chutar tudo no chão. E não adianta ela ameaçar centenas de vezes, dizendo que conta tudo pro papai logo que ele voltar pra casa.

Mas eu não quero nascer!

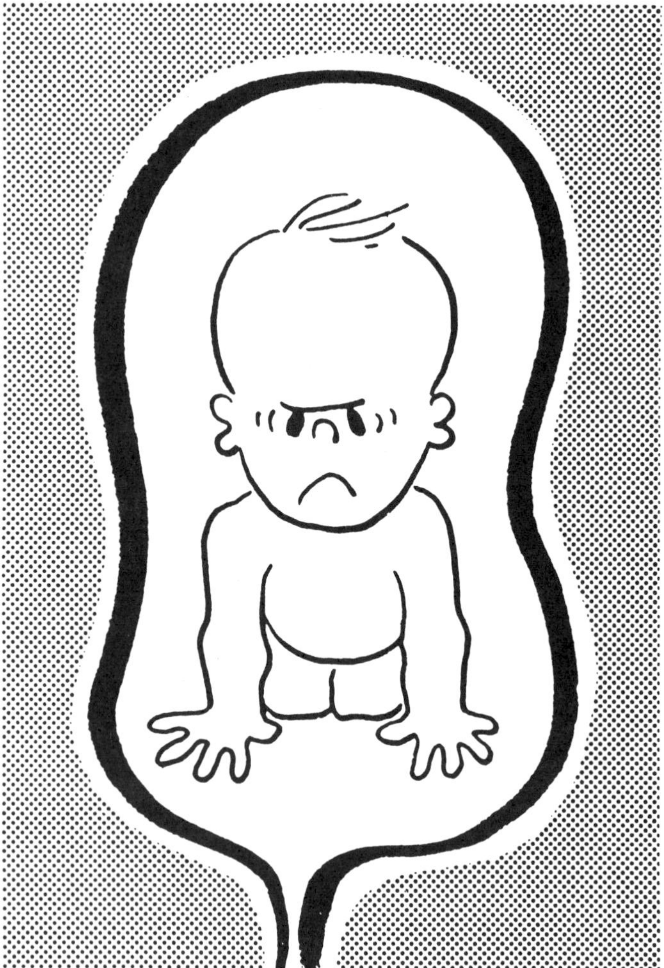

Eles acham que eu preciso nascer. Os dois não falam em outra coisa. Não sei como vai ser esta história de me trazer ao mundo, mas o médico da mamãe acha que tudo vai correr bem. "Por enquanto, a única coisa que podemos fazer é esperar pelas contrações", ele diz. Além disso, ele acrescenta que eu vou levar um choque quando tiver que sair para uma temperatura de 17 graus mais baixa do que a temperatura da minha casinha; que eu vou ficar com medo quando tentar respirar pela primeira vez, e que o meu primeiro choro por reflexo vai ajudar a abrir as vias respiratórias. É o que ele diz. E prossegue dizendo que, no início, eu ainda vou ter que chorar sem lágrimas, que eu também não ouço muito bem, porque meus ouvidos estão cheios de muco. Por fim, ele ainda avisou a mamãe para ela não pensar que eu sou um estrábico, mesmo que os meus olhos nos primeiros dias após o nascimento fiquem girando sem direção.

Tá lcgal... obrigado, mas cu já ouvi o suficientc! Vamos esquecer tudo! Eu não pretendo mesmo nascer. Eu moro aqui, eu fui gerado aqui, eu cresci aqui, e eu VOU FICAR AQUI!

E chega!

Eu fico onde estou!

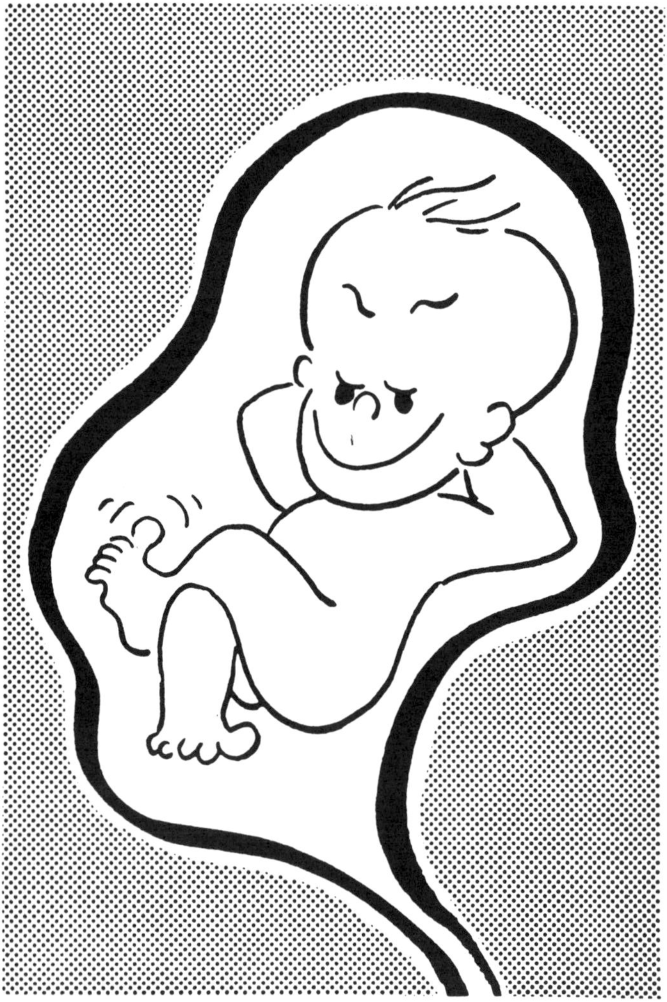

A mamãe e eu fomos visitar novamente a mulher que se chama parteira. Agora ficou claro como a luz do dia que ela não me considera; eu já suspeitava há muito tempo. Ela só quer uma coisa: conseguir colocar as mãos em mim de alguma forma. Mas enquanto eu estiver com a mamãe, ela não vai conseguir. Ela pode bolar os planos mais astutos. O nascimento, de que se fala tanto, divide-se em duas fases: a primeira chamada fase de dilatação; a segunda, fase de expulsão. Eu acho que a própria palavra já soa bastante brutal, e eu não estou nem um pouco interessado em estar presente quando a coisa chegar nesse ponto. Inventei uma terceira fase, que eu vou introduzir se eles me fizerem algum mal. Eu a chamo de fase de resistência. Se eles quiserem me pegar, eu me escondo. Daí eles podem gritar Huhu! Huhu! o quanto quiserem. A mim eles não vão conseguir ver.

O estado do papai nos preocupa!

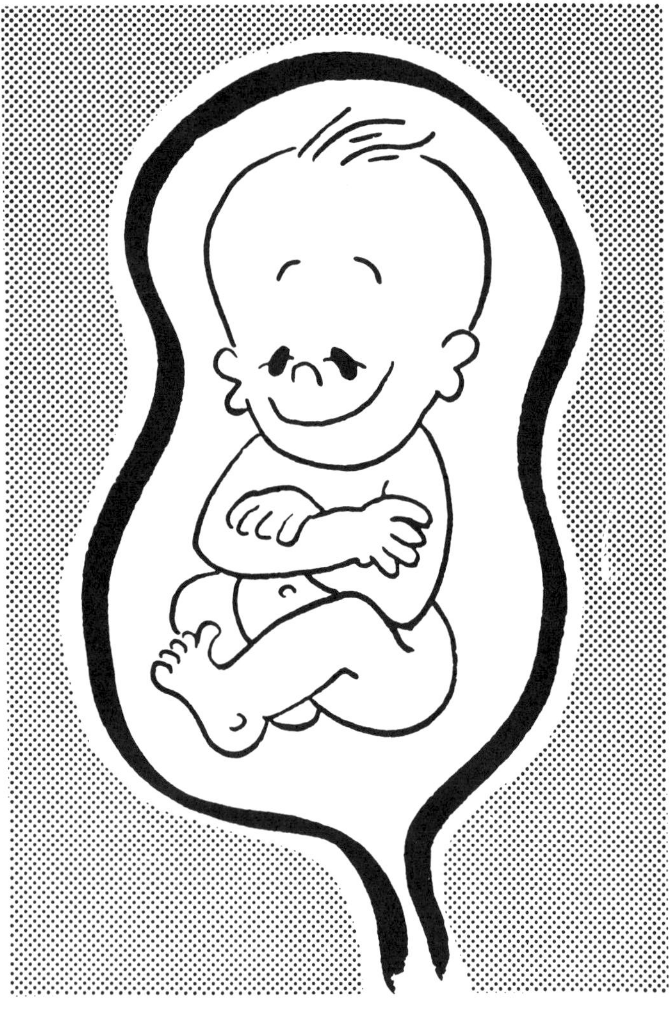

O papai anda muito aflito para saber se a mamãe, ele e eu vamos conseguir chegar à clínica a tempo. A parteira disse que isto é uma questão de intuição. Ela disse que seria bom irmos para a clínica logo que as contrações se repetissem em intervalos regulares de 5 a 10 minutos. A mamãe acha que agora não vai demorar muito. O papai já começou a ter uns ataques. Ele se senta muito preocupado ao lado da porta e até parou de fazer piadas! A mamãe o aconselha a ficar calmo e a relaxar. Além disso, ela diz que ele é a única pessoa que ela conhece capaz de fumar dois cigarros ao mesmo tempo, enquanto o terceiro queima no cinzeiro. Ela pede tanto para ele se acalmar, que eu acho que ela está preocupada com ele. "Falar é fácil!" ele resmunga. "Não é você quem vai ser pai pela primeira vez!"

Qual será o fim disso?

Aos poucos eu também estou começando a ficar nervoso. A mamãe começou a sentir com maior freqüência aquelas contrações internas. Na verdade, viver aqui dentro já não é tão gostoso. A mamãe já colocou na mala uma porção de coisas que ela quer levar para a maternidade, e o papai aguarda amedrontado, pronto para, a qualquer momento, precipitar-se porta afora e ligar o carro. Agora há pouco a mamãe parou um tempão com as pernas bem separadas e apoiou-se na mesa; então, ela disse: "Talvez fosse melhor a gente ir embora." O papai não conseguia achar a chave do carro em lugar nenhum; ele estava muito confuso. Quando finalmente a encontrou, desceu voando as escadas para tirar o carro da garagem. Depois entrou de novo em casa para apanhar as coisas que a mamãe precisa levar, e as jogou no porta-malas. Menos de um segundo depois ele já estava descendo a rua feito um rojão.

– Espere por nós! gritou a mamãe. Por sorte uma vizinha o parou para que a minha mãe e eu pudéssemos ir também. Senão o parto teria começado sem a nossa presença.

Enganei a parteira!

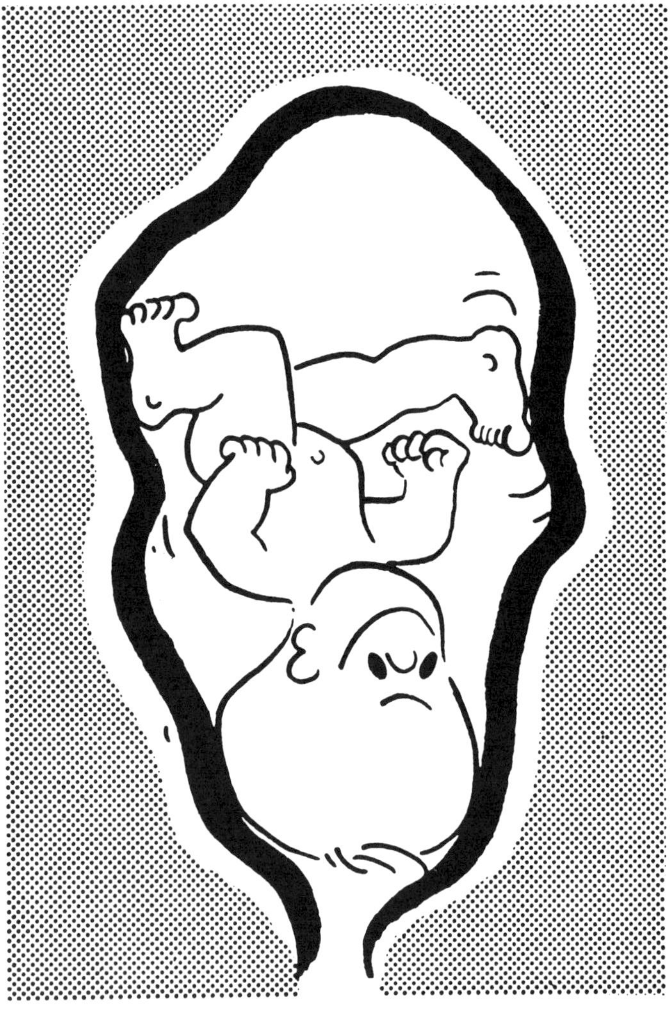

Mamãe e eu acabamos de entrar na maternidade. Tiraram o pulso da mamãe, mediram sua temperatura e pressão, e sei lá o que mais. Em nenhum momento eu fiquei surpreso ao ouvir a voz da parteira. Ela se tornava ridícula ao dizer todas aquelas bobagens sobre o processo de nascimento. Mas de repente eu percebi que todos eles queriam tentar me apanhar e me arrancar dali. Uma vez que a minha casinha só tem uma saída, fiz a única coisa que me era possível: obstruí a passagem. Eu me virei e agora bloqueio a única saída com a minha cabeça enorme. O enfermeiro auscultou a barriga da mamãe com o estetoscópio para saber se eu estava na posição certa. Aí ele disse que não poderia ser melhor. Se eles soubessem que eu os enganei ficando de cabeça para baixo para eles não conseguirem me pegar!

Eu não sou tão bobo como eles imaginam!

Se eu não me tivesse virado!

Aos poucos vou ficando completamente tonto. Minha posição é extremamente incômoda, mas o que a gente não é capaz de fazer para ficar junto de sua única mãezinha!

A mamãe começou a fazer muita força, e eu gostaria que ela parasse, pois a minha cabeça não agüenta mais isso! Entre uma contração e outra posso reunir forças suficientes para conseguir opor-lhe uma boa resistência. A mamãe tem um aparelho, com a ajuda do qual ela pode inspirar profundamente, quando começa uma nova contração. O que ela inspira chama-se gás hilariante; mas no meio desse tumulto todo eu realmente não consigo ver nenhum motivo para rir. Não consigo mais pensar direito, e estou me sentindo como se estivesse com a cabeça num funil, e a mamãe fazendo força para que eu passe por ele. Pelo amor de Deus, mamãe, pare! Pense que isso não leva a nada! Se eu não me tivesse virado, agora eu poderia obstruir a saída com as pernas bem abertas.

Eles não me dão nenhuma chance!

Espera aí, escutem! Será que vocês todos ficaram loucos? Que história maluca! A mamãe faz que faz força, tensionando os músculos abdominais, de modo que eu não possa me segurar. Nessas horas ela pode se agarrar à cama, mas eu não tenho nada. Quero ficar aqui, na barriga da minha mãezinha, onde sempre estive. Não quero ir pra lugar nenhum. Puxa vida, coitada da minha cabeça; se vocês não me deixarem logo em paz, eu grito! Cuidado com a minha cabeça! Ah, assim não dá... Não dá para tirar uma camisa enfiando a cabeça na casa do botão! Ai, meu pescoço, minha testa! Ai, meu nariz! Ai, minha boca! Ai, meu queixo! É proibido, por lei, tratar inocentes desse jeito. Vou reclamar com um deputado; vou reclamar junto à Comissão dos Direitos Humanos, vou... ei! minha cabeça passou, minha cabeça nasceu. Puxa, mas que coisa!

O que é que vocês estão fazendo?

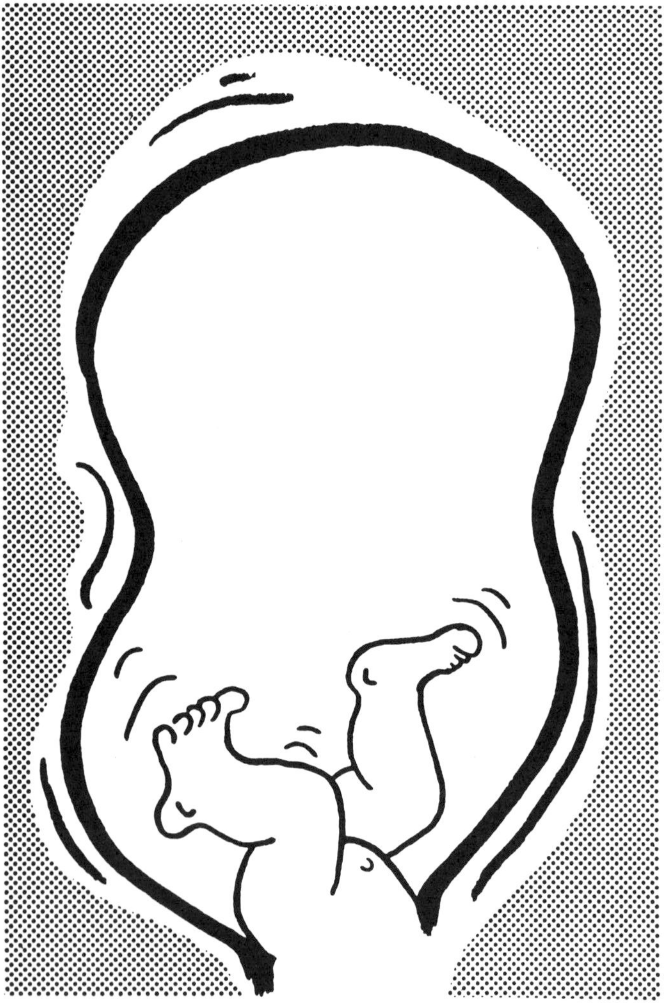

Soltem-me! Soltem minha cabeça! Quero voltar para dentro, deixem-me voltar para dentro. . . não! Deixem-me sair, deixem-me sair daqui! Cuidado com o meu ombro, cuidado com o meu corpo, cuidado COMIGO! Na condição de pessoa independente, eu exijo que me ouçam, senão eu grito. . .

Buáááá! Buáááá! Buáááá!

Oi, mamãe... Oi, papai... Oi, todo mundo! Olha eu aqui!

Impresso nas oficinas da
Gráfica Palas Athena